Angie Pfeiffer

Ruhrpottklüngel

Obwohl dieser Roman autobiographische Züge hat, sei hier ausdrücklich erklärt, dass nicht die gesamte Handlung der Realität entspricht. Einige Charaktere sind frei erfunden, in diesem Fall ist jede Ähnlichkeit mit lebenden oder toten Personen oder Persönlichkeiten rein zufällig und nicht beabsichtigt. Auch ist der zeitliche Handlungsablauf nicht immer korrekt.

Angie Pfeiffer

Ruhrpottklüngel

Roman

Deutsche Erstausgabe
1. Auflage
by Angie Pfeiffer
Covergestaltung: Phoch3
Dieser Roman ist in Auszügen unter dem Titel
„Ruhrpottadel" veröffentlicht worden
Copyright-Hinweis:
Der Roman ist urheberrechtlich geschützt.
Nachdruck und Vervielfältigungen, auch aus-
zugsweise,
bedürfen der schriftlichen Zustimmung der
Autorin
Herstellung und Verlag:
BoD - Books on Demand,
Norderstedt
Printed in Germany
ISBN: 9783738644098

„Da kommen meine Eltern mit dem neuen Kind." Peter, der auf dem Hof spielte, war ganz aufgeregt. „Mama war nämlich im Krankenhaus, weil meine Schwester eine Problemgeburt ist. Jetzt haben sie sie rausgelassen, meine Mutter und meine Schwester auch", erklärte er seinen Spielkameraden. Vorsichtig näherten sich die Jungen Peters Eltern, die aus dem Auto gestiegen waren. Tatsächlich hielt Ilse Jollenbeck ein Baby im Arm, das fest in eine Decke gewickelt war.

„Frau Jollenbeck, zeigen Sie mir mal das Problem ... ähm ... Problemdings?", fragte ein vorwitziger Knabe. Ilse musterte ihn irritiert. „Was möchtest du?"

Peter hatte sich vorgedrängelt und stieß seinem Freund den Ellenbogen in die Seite. „Er will wissen, wie sie aussieht", erklärte er. „Wie heißt die noch mal?" Er konnte sich den Namen seiner neuen Schwester einfach nicht merken.

Kalle, Peters Vater, hatte amüsiert zugehört, jetzt mischte er sich ein. „Dein Schwesterchen heißt Elisa, und wenn du es sehen möchtest, dann musst du mit in die Wohnung kommen." Er legte seiner Frau fürsorglich den Arm um die Schulter. „Komm, Liebes. Deine Mutter wartet sicher schon auf uns." Er scheuchte die Rasselbande auseinander, die immer noch um ihn und Ilse herumstanden, um einen Blick auf die Problemgeburt zu erhaschen, denn keiner *konnte sich etwas unter diesem Begriff vorstellen.*

„Jetzt ist es aber gut, macht gefälligst mal Platz. Und du, Peter kannst mit nach oben kommen."

„Och nö, ich spiele lieber weiter." Peter fand die Schwester, die auch noch angefangen hatte wie am Spieß zu brüllen, hässlich und langweilig.

In der geräumigen Wohnküche angekommen wurde das Ehepaar bereits vom Ilses Mutter Anna erwartet. Behutsam nahm sie Ilse das Kind aus dem Arm. „Ich kümmere mich schon um die Kleine", erklärte sie. „Du bist nach den Strapazen bestimmt noch schlapp und kaputt, Kind. Leg dich ruhig ein wenig aufs Ohr. Ich bleibe noch hier. Dein Vater kann auch noch eine Stunde ohne mich auskommen."

„Ach Mutter, was sollten wir bloß ohne dich anfangen", lächelte Ilse.

„Blödsinn", brummelte Anna. „Ich passe doch gern auf meine Enkel auf. Schließlich bist du meine einzige Tochter. Und jetzt haben wir auch noch ein Mädchen bekommen." Sie wandte sich wieder dem Baby zu, das in ihrem Arm eingeschlafen war.

***

„Was, du willst nicht hören? Na warte, dir werde ich's zeigen. Wegen dir habe ich schon wieder Herzschmerzen." Kurzerhand packte Ilse ihre kleine Tochter, stieß sie in die Besenkammer und schloss energisch die Tür. Das tat sie immer, wenn die Kleine nicht parierte.

Elisa schnappte nach Luft. Sie fürchtete sich vor der Dunkelheit und der Enge. Die Wände schienen immer näher zu kommen und sie zu erdrücken. Erschrocken kniff das Kind die Augen zu, bedeckte sie mit den Händen. Es versuchte tief einzuatmen, doch die Lungen wollten sich einfach nicht mit Luft füllen. Elisa nahm die Hände von den Augen. Obwohl es stockdunkel war wusste sie, dass die Wände der Kammer immer näher rückten, sie bestimmt gleich zusammenquetschen würden. Während ihr die Tränen über das Gesicht liefen, begann sie zu schreien.

Es klopfte und die ältliche Nachbarin steckte den Kopf durch die Wohnungstür. „Frau Jollenbeck! Ist etwas passiert? Wir hören Elisa bis zu uns nebenan schreien. Mein Mann hat gesagt, ich soll mal nach dem Rechten schauen."

„Gar nichts ist passiert und ich verbitte mir Ihre ständige Einmischung", erwiderte Ilse erbost. „Überhaupt schreit das Balg gar nicht mehr." Sie öffnete demonstrativ die Besenkammer. Elisa saß zusammengekauert in einer Ecke und schluchzte leise vor sich hin. „Ich

7

schlage meine Tochter eben nicht, ich sperre sie einfach in die dunkle Kammer und schon pariert sie."

„Aber Frau Jollenbeck, die Kleine ist doch erst drei. Soll ich sie eine Weile mit zu uns nehmen? Dann können Sie in Ruhe Ihre Hausarbeit machen und das Kind läuft Ihnen nicht zwischen den Füßen herum."

Ilse zuckte mit den Schultern. „Wenn Sie sich das antun wollen. Elisa ist heute wieder einmal besonders bockig. Vielleicht ist es ganz gut, wenn sie mir aus dem Weg ist."

Die Nachbarin reichte dem kleinen Mädchen sanft die Hand. „Magst du mitkommen? Ich will einen Kuchen backen, du kannst mir bestimmt gut helfen."

Zögernd ergriff Elisa die dargebotene Hand, stieg dann schnell aus der Besenkammer, bevor sich die dunklen Wände noch einmal um sie schließen konnten. Sie holte tief Luft, zog dabei die Nase hoch und nickte heftig. Die Nachbarin griff in ihre Schürzentasche und zog ein Taschentuch hervor. „Jetzt putzen wir dir erst einmal die Nase und dann backen wir zusammen einen fantastischen Kuchen." Sie wandte sich an Ilse: „Sie wissen doch, mein Mann hat einen Narren an Ihrer Tochter gefressen. Er fühlt sich gleich besser, wenn sie in seiner Nähe ist. Die Kleine ist so aufgeweckt."

So nahm die wohlmeinende Nachbarin das Kind auf den Arm, ging mit ihm eine Wohnung weiter und direkt ins Schlafzimmer, wo ihr Mann lag. Der Nachbar, früher als Hauer tätig, war schwer an Silikose erkrankt. Er konnte kaum noch das Bett verlassen und freute sich immer über einen Besuch des quicklebendigen Kindes. Ständig stand ein Sauerstoffgerät neben seinem Bett, aber richtig fasziniert war Elisa von einem kleinen Ventilator, den er öfter in Betrieb setzte. Er musterte das Kind mitleidig: „Na, meine Kleine, hat die Mama wieder mit dir geschimpft? Oder hat sie dich gar in die dunkle Kammer gesperrt? Was können wir da machen?"

Elisa schaute skeptisch drein, zuckte ratlos mit den Schultern.

„Was hältst du davon, wenn ich der Mama den Hintern versohle?"

„Au ja, mit dem Riemen!", rief Elisa begeistert aus, was den Nachbarn schmunzeln ließ. Offenbar war er von dem Gedanken angetan: „Ja, mit dem Gürtel. So und jetzt machen wir mal den Ventilator an und schauen, ob ich dann besser Luft bekomme."

Bis auf kleine Unstimmigkeiten war die Nachbarschaft gut. Man traf sich regelmäßig auf dem Vorderhof zum Schlachten, was letztendlich immer in einem Trinkgelage endete. So manches Huhn flatterte kopflos bis zur Dachrinne, weil es in letzter Minute losgelassen wurde.

Das Leben lief, dreizehn Jahre nach dem Ende des zweiten Weltkriegs, endlich in geregelten

Bahnen. Karl hatte eine Anstellung als Anlagenfahrer in der Kokerei bekommen, verdiente dort gutes Geld. Die Werkswohnung war akzeptabel, bestand aus einer Wohnküche und einem Schlafzimmer. Zwar war der Toilettenraum nur über den Flur zu erreichen und man musste ihn mit den Nachbarn teilen, doch hatte das Klosett eine Wasserspülung.

Natürlich gab es kein Badezimmer. Gebadet wurde einmal in der Woche in einer großen Zinkbadewanne, die unten ganz nippelig war, sodass man nicht darin herumrutschen konnte, ohne sich den Podex aufzuschubbern. Zuerst ging der Hausherr in die Wanne, dann die Frau des Hauses und zuletzt die Kinder. Das Wasser wurde im großen Einkochkessel auf den Kohleherd erhitzt und dann vorsichtig umgeschüttet.

Ilse und die Kinder besuchten täglich die Großeltern, um dort zu Mittag zu essen, wobei Ilse meist ein Töpfchen Suppe für ihren Mann mit nach Hause nahm, was die lästige Kocherei überflüssig machte. Die Hausarbeit in der Zwei-Zimmerwohnung hielt sich in Grenzen, sodass Ilse genug Zeit für sich hatte und ihrer Lieblingsbeschäftigung nachgehen konnte. Sie verschlang Liebesromane aller Couleur.

Wenn Elisa auch ab und zu störrisch war, was zur Folge hatte, dass sie weiterhin in den dunklen Schrank gesperrt wurde, entwickelte sie sich doch in Ilses Sinn. Das Kind hatte gelernt, dass es seine Mutter möglichst wenig störten durfte, um nicht bestraft zu werden. So versuchte Elisa Ilse aus dem Weg zu gehen und sich ruhig zu beschäftigen.

Wenn die Mutter gute Laune hatte, las sie ihrer Tochter vor. Dann kuschelte sich Elisa an Ilses Knie und hörte aufmerksam zu. Da sich im Besitz der Familie nur zwei Kinderbücher befanden, nämlich ‚Der Struwwelpeter' und ‚Max und Moritz', konnte das Kind bald beide Bücher auswendig. Ilse machte sich einen Witz daraus zu behaupten, ihre Tochter könne lesen. Da Elisa stets an der richtigen Stelle umblätterte, entstand dieser Eindruck. Überhaupt fiel es Elisa leicht, Gedichte und Lieder zu behalten. Bei Hochzeiten und anderen Festivitäten im Familienkreis wurde das Kind auf einen Stuhl gestellt und dazu angehalten ein Lied zu singen oder ein Gedicht aufzusagen.

Elisa schämte sich bei solchen Gelegenheiten immer ein wenig. Sie mochte es nicht, derart im Mittelpunkt zu stehen, senkte während des Vortrags die Augen und zupfte an ihrem Rocksaum. Doch sie traute sich nicht, der Mutter den Wunsch abzuschlagen, denn sie fürchtete sich schrecklich vor Ilses Unwillen. Die ältlichen Tanten waren jedes Mal entzückt über Elias Vortrag und brachen in begeistertes Gegacker aus. „Nein, was ist das bloß für ein schlaues Mädchen, Ilse! Das kann die Kleine nur von dir haben."

„Ja, ich erwäge Elisa auf die höhere Schule zu schicken", erklärte die Mutter dann, was eine verwegene Aussage war, denn das Kind befand sich gerade einmal im Kindergartenalter.

An den Wochenenden ging das Ehepaar Jollenbeck aus und überließ es dem großen Bruder, sich um die Schwester zu kümmern. Wenn Karl und Ilse dann mitten in der Nacht nach Hause kamen, hatte Peter die kleine Elisa in sein Bett geholt, und die Kinder schliefen eng aneinander gekuschelt. „Die hat so geheult, Mama", erklärte Peter. „Ich wusste nicht, was ich machen sollte, da habe ich sie rüber geholt."

Wenn kein Tanzabend angesagt war, traf man sich samstags bei Ilses Bruder Gustav und seiner Frau Betty zum Kaffeetrinken. Gustav war, wie so viele Bergleute, an Silikose erkrankt und Rentner. Er geriet oft in Atemnot, hustete, spuckte Schleim. Neben der Sofaecke, in der er meist saß, stand ständig ein Eimer für Notfälle. Trotzdem war er immer gut gelaunt und freundlich, half, wenn er konnte.

Elisa liebte diesen Onkel heiß und innig. Er zeigte ihr mit unendlicher Geduld alle möglichen Kartentricks, ließ die Buben auftauchen, anschließend verschwinden und brachte sie zum Kichern. Oft ließ er sie ihre selbst erfundenen Geschichten erzählen und tat so, als würde er jedes Wort für bare Münze nehmen. „Du hast den Osterhasen also wirklich gesehen? Da hast du aber Glück gehabt. Wie hat der denn genau ausgesehen?"

Nach dem Kaffeetrinken kamen die Spielkarten auf den Tisch, man spielte ‚Klammern‘, wobei Kalle und Ilse ein Team bildeten und gegen Gustav und Betty antraten. Bevor es losging, schickte man Bertram, den Sohn des Hauses, zur Selterbude an der Ecke. Er besorgte ein paar Flaschen Bier, einen Schoppen Klaren und ein paar Zigaretten Marke Eckstein. Im Laufe des Abends ging Kalle dann noch einige Male zum Kiosk, denn mit einem Schoppen und ein paar Flaschen Bier kam man nie aus. Wenn sie genug getrunken hatte, konnte Betty meist nicht mehr an sich halten: „Jollenbeck mach mich´n Kind, der Gustav hat ja bloß eines hingekriegt.“

„Elisabeth, halt die Schnauze, ich hab mein Bestes getan“, ließ sich Gustav vernehmen. „Und überhaupt achte lieber auf deine Terze!“ Schließlich spielte man immer noch Karten.

„Jollenbeck, biiitte“, Betty war nicht zu bremsen, während Kalle grinste: „Aber Bettykind, sei froh, dass du bloß ein Kind hast! Aber wenn du drauf bestehst …“

Ilse schaute inzwischen ziemlich gräsig, Gustav war genervt: „Pass auf, ich versuch nachher noch mal dich den Gefallen zu tun, aber jetzt halt endlich die Schnauze und lass uns weiterspielen.“

Sonntagnachmittags besuchte man Elses Eltern. Kalle, der zu seinem Vater und der Stiefmutter keinen guten Draht hatte, mochte seine Schwiegereltern sehr, wenn er sich auch oft einen Spaß daraus machte, Anna zu ärgern, indem er gegen den Bundeskanzler wetterte. So auch heute.

„Der Adenauer, der kann höchstens ein beleuchtetes Stopfei erfinden und das hat er noch abgekupfert. Schau dir bloß mal an, wie viel braunes Gesocks jetzt wieder was zu sagen hat und wie der mit den Sozis und den Kommunisten umspringt." Mehr brauchte es nicht, um Anna auf die Palme zu bringen: „Wähle du ruhig deine SPD, den roten Herbert und den sauberen Herrn Ollenhauer, der ist 1933 ins Ausland abgehauen. Da lobe ich mir den Kanzler, der ist hier geblieben und er hat die Kriegsgefangenen aus Russland rausgeholt und die Rente erhöht er auch immer anständig!" Kalle setzte zu einer Erwiderung an, aber dazu kam er nicht mehr, denn jetzt griff Ilse ein: „Mutter du hast ja zwei Kuchen gebacken? Ist das nicht ein bisschen viel?"

Anna ließ sich schnell besänftigen. „Ach Kind, nachdem Elisa am letzten Sonntag so geweint hat, weil ich Peters Lieblingskuchen gebacken habe und ihren nicht, da dachte ich: sicher ist sicher und ihr könnt den restlichen Kuchen doch mitnehmen."

„Was für ein Theater um die Heulsuse", brummte Adolf und fixierte seine Enkeltochter streng. Elisa machte sich ganz klein. Sie fürchtete sich immer ein bisschen vor dem immer grummeligen Großvater, seiner lauten Stimme und seinen buschigen, ständig gerunzelten Augenbrauen.

Überhaupt war das Kind seltsam versponnen, dachte sich Geschichten aus, an die es selbst zu glauben schien. Es stellte seine Puppen nebeneinander auf und unterhielt sich stundenlang mit ihnen, statt mit den anderen Kindern im Hof zu spielen. Es aß nicht richtig, war spindeldürr und oft krank. Anna versuchte ihre Enkeltochter mit Lebertran und Milchsuppe aufzupäppeln, aber Elisa verweigerte solche Mästungsversuche mit dem ihr eigenen Starrsinn.

***

Man schrieb das Jahr 1960, die Jollenbecks zogen ins Grüne. Kalle hatte mit viel Mühe eine Neubauwohnung ergattert. Wieder eine Werkswohnung mit einem richtigen Badezimmer und einem Balkon. Auch die Kinder bekamen ein eigenes Zimmer. Rund um das Wohnhaus gab es Wiesen, Gärten und Felder. Zum Entzücken der Kinder gehörte zu der Wohnanlage ein großer Spielplatz. Das war ein Riesenunterschied zu der vorherigen Bleibe mit seinem schmuddeligen Hof, den Ställen, in denen die Ratten mit den Schweinen aus einem Trog fraßen und den nahe gelegenen Bahngleisen. Die Wohnungsmiete war zwar höher, aber das stellte kein Problem dar. Kalle verdiente etwas dazu, indem er, zusammen mit einem Arbeitskollegen die Kohlen verkaufte und auslieferte, die von dem großzügigen Deputat, das jedem Kokereiarbeiter zustand, übrig blieben.

„Verdammt, du betrügst mich, gib es schon zu! Genau wie damals, als du meiner Freundin ein Kind gemacht hast!"
„Was soll ich machen, du willst ja nicht. Soll ich's vielleicht ausschwitzen?"
„Wer ist die Schlampe dieses Mal, sag schon! Ich habe sowieso einen Verdacht! Bestimmt treibst du es mit Betty! Pfui schäm dich, die eigene Schwägerin!" Es rumpelte, Kalle wurde um einiges lauter. „Du dämliche Kuh, was redest du da? Als ob ich Gustav das antun würde. Wofür hältst du mich eigentlich. Du und deine ständige Eifersucht! Wenn du so weitermachst, dann werde ich mir wirklich eine Freundin nebenbei suchen."
Elisa schreckte aus dem Schlaf auf. „Peter hast du auch was gehört?"
„Ja, Papa schreit und Mama auch. Wenn du Angst hast, dann darfst du in mein Bett kommen." Großmütig rückte Peter etwas beiseite, insgeheim froh, dass die kleine Schwester zu ihm ins Bett kroch.
Ilse murmelte etwas, dann war es ruhig.
„Ich glaube jetzt sind Papa und Mama nicht mehr böse aufeinander, ich schau mal nach."
Elisa krabbelte aus dem Bett und ging zur Tür. „Kommst du mit?"
„Nö, ich bleib lieber hier. Papa meckert bloß herum, wenn ich auftauche. Auf dich ist er ja

nie böse", stellte Peter fest. Er wickelte sich fester in seine Decke. Elisa huschte in den Korridor und schielte um die Ecke. Die Eltern waren augenscheinlich vom Kegeln gekommen. Beide waren nicht mehr ganz standfest, standen sich in der Küche gegenüber und stierten sich an. Ilse stand mit verschränkten Armen vor dem Küchenschrank, während Karl den großen Einkochkessel wie einen Rammbock vor sich hielt. Plötzlich nahm er Anlauf und versuchte seine Frau damit umzurennen. Er verfehlte sein Ziel und landete in der Scheibe des Küchenschrankes, die in tausend Scherben zersprang.

„Da siehst du, was du anrichtest", kreischte Ilse. „Alles machst du nur kaputt, du Versager." Sie griff sich an die Brust. „Ich bekomme schon wieder Herzrasen. Du wirst mich noch unter die Erde bringen und dann hast du endlich freie Bahn."

Elisa brach in lautes Schluchzen aus, was Karl dazu veranlasste, den großen Kessel fallen zu lassen. Er fiel mit einem Scheppern zu Boden. Für einen Augenblick starrte er vor sich hin. Schließlich machte er einen Schritt auf seine Tochter zu und nahm sie auf den Arm.

„Komm her Spatz, ist ja schon gut. Hör auf zu weinen", versuchte er das aufgelöste Kind zu beruhigen. „Wir machen bloß Blödsinn, ehrlich."

„Ja, du machst nur Blödsinn und ehrlich bist du doch noch nie zu mir gewesen, du Mistkerl." Das war ein Abgang nach Ilses Geschmack. Sie warf den Kopf in den Nacken und stolzierte aus der Küche. Im Hinausgehen blickte sie noch einmal auf ihre kleine Tochter. „Wie du dich bloß von deinem Vater anfassen lassen kannst, der stinkt doch."

„Papa, habt ihr was gespielt?", fragte Elisa verwirrt. „Dann hast du aber ganz schön Ärger gekriegt. Kein Wunder, wenn du alles kaputt machst."

„Du weißt, wie Mama ist. Sie wird manchmal ziemlich böse wegen einer Kleinigkeit. Ich glaube, dass ich inzwischen ziemlich viel kaputt gemacht habe", murmelte Karl, putzte sich umständlich die Nase und wischte sich dabei verschämt über die Augen. Elisa schaute ihn aufmerksam an. „Du musst nicht traurig sein. Wenn du alles wieder heil machst, dann ist Mama auch nicht mehr böse auf dich." Sie stockte, schaute ihren Vater abschätzend an. „Du hast ganz schön Glück. Mama kann dich nicht in die Besenkammer sperren, dazu bist du zu groß."

„Ich glaube darüber sollte ich einmal in Ruhe mit Mama sprechen", sagte Elisas Vater nachdenklich. „Vielleicht bist du in Zukunft auch zu groß dafür. Aber jetzt bringe ich dich wieder ins Bett und decke dich ganz fest zu. Kleine Mädchen müssen nämlich viel Schlaf haben."

Im Kinderzimmer verrieten Peters all zu regelmäßige Atemzüge, dass er sich schlafend stellte. „Schau, dein Bruder hat gar nichts gehört", ging Kalle darauf ein. „Jetzt aber hopp ins Bett. Jetzt wird geschlafen." Er deckte seine Tochter zu und gab ihr einen gute Nacht Kuss. Schon schlaftrunken schnüffelte Elisa an seiner Wange. „Papa, du riechst ein bisschen komisch, aber stinken tust du nicht!"

Am nächsten Morgen schien die Sonne warm und hell ins Kinderzimmerfenster. Verschlafen reckte Elisa sich und schaute hinüber zu ihrem Bruders. Peter saß im Schneidersitz auf seinem Bett, hatte sich die Decke malerisch umgeschlungen und las in einem Micky Maus Heft. „Es wird Zeit, dass du wach wirst. Wir müssen jetzt Waffeln backen", erklärte er mit einem Grinsen. Sonntagsmorgens buken die Kinder Waffeln zum Frühstück, denn Ilse und Kalle waren ausgesprochene Langschläfer und an Sonn- und Feiertagen selten früher auf den Beinen als ihre Kinder. Allerdings war es Peter, der den Waffelteig zubereitete und die Waffeln buk. Elisa unterstützte ihn moralisch dabei, indem sie ihm ausgedachte Geschichten erzählte, oder etwas vorsang, was Peter heroisch ertrug. Elisa hopste aus dem Bett, blieb jedoch nachdenklich stehen. „Meinst du, dass Mama und Papa sich immer noch zanken? Papa hat nämlich den Küchenschrank kaputt gemacht und Mama ist deswegen ganz schrecklich böse mit ihm." Peter krauste nachdenklich die Nase. „Ich glaube sie haben sich schon wieder vertragen. Jedenfalls ist alles ruhig. Am Besten wir tun so als wenn gar nichts passiert wäre."

Die Waffeln waren gebacken, der Kaffee gekocht, der Tisch gedeckt, doch die Eltern waren immer noch nicht aufgestanden.

„Wir bringen Papa und Mama jetzt das Frühstück ans Bett", beschloss Peter. „Dann kriegen sie sofort gute Laune und zanken sich ganz bestimmt nicht mehr. Los, hilf mir mal. Du trägst die Kaffeekanne." Er bubberte laut vor die Schlafzimmertür. „Das Frühstück ist fertig. Achtung, wir kommen."

Zu Elisas Erstaunen waren die Eltern wach. Sie saßen im Bett und schienen miteinander zu diskutieren. Jetzt wandten sie sich den Kindern zu. „Das ist ja eine schöne Überraschung. Was haben wir nur für liebe Kinder", sagte Ilse. Kalle nickte.

Während des Frühstücks gingen beide ausgesprochen höflich miteinander um, was Elisa beruhigt zur Kenntnis nahm. Sie hatte große Angst gehabt, dass sich die Eltern weiter streiten würden. So krabbelte sie nach dem Essen ins Ehebett. „Jungen zu Jungen und Mädchen zu Mädchen", krähte sie und hopste auf Ilses Seite. „Dann komm mal her, mein Sohn", sagte Kalle bedächtig, worauf Peter sich würdevoll neben ihn legte. Schließlich war er schon acht Jahre alt und konnte nicht mehr so kindisch sein wie seine kleine Schwester. Als

Kalle ihn dann aber kitzelte vergaß er seine Würde schnell, strampelte und kicherte.

„Ich auch, ich auch, Papa", krähte Elisa und kletterte über die Mutter näher zum Vater hin.

„Mädchen zu Mädchen und Jungen zu Jungen", prustete Peter. Auch Kalle musste lachen. „Komm her, Spatz, wenn du dich traust."

Und weil es so schön war, kitzelte er seine Frau auch gleich.

***

Heute war Elisas großer Tag, sie kam in die Schule. Peter hatte schon vorher die Spielregeln festgelegt: „Wenn du mir hinterherläufst, dann kannst du was erleben! Ich blamiere mich doch nicht vor meinen Kumpels mit dir kleiner Kröte. Wenn du zu Hause petzt, dann boxe ich dich." Das erschien ihm dann doch zu hart, denn er setzte großzügig hinzu: „Aber wenn dich einer hauen will, dann kannst du mir Bescheid sagen, dann boxe ich den. Meiner kleinen Schwester tut nämlich keiner was."

Elisa erkannte ihren großen Bruder in der letzten Zeit kaum wieder. Er war einfach merkwürdig geworden, ließ seine Schwester kaum noch mitspielen, kam sich sehr erwachsen vor und kommandierte sie herum. Neulich erst hatte er Elisa einen furchtbaren Schreck eingejagt: Eine Schnake hatte sich ins Kinderzimmer eingeschlichen, torkelte jetzt unbeholfen durch die Luft und machte schnarrende Geräusche.

„Ihhh, das ist aber eine ekelige Spinne! Kannst du die wegmachen, Mama schimpft nur, wenn ich jetzt störe", bat Elisa und verkroch sich unter ihrem Deckbett.

„Nö, mir ist das Vieh egal", war die Antwort. „Wenn du die Flugspinne nicht wegmachst, dann sage ich Mama, dass ich dich mit Gudrun im Keller gesehen habe und was ihr da gemacht habt!" Gudrun war die Nachbarstochter, etwas älter als Peter. Was die Zwei miteinander getrieben hatten, das hatte Elisa nicht so genau sehen können, aber das es verboten war, dessen war sie sich sicher.

„Olle Petzte, dann sag´s doch. Ist mir doch egal. Ich schlafe jetzt, und wenn die Spinne dich drei Mal sticht, dann stirbst du, denn sie ist höllengiftig", mit diesen Worten löschte Peter das Licht. Elisa schauderte, sollte diese Flugspinne wirklich ein so gefährliches Tier sein? Möglich wäre das schon, schließlich gab es giftige Spinnen, das hatte sie neulich im neu angeschafften Fernsehapparat gesehen. Sie zog sich die Decke noch weiter über den Kopf, ließ nur die Nasenspitze hervor lugen. Trotzdem spürte sie genau, wie das, inzwischen ins Unermessliche gewachsene Untier Anflug auf sie nahm, genau ihre Nasenspitze ansteuerte. In heller Panik kreischte sie auf.

Die Tür wurde aufgerissen, beide Elternteile stürzten ins Zimmer. „Was ist passiert", japste

Kalle. Elisa schluchzte und warf sich in seine Arme, während Peter ganz cool blieb: „Die hat Angst vor ner Schnake, die dumme Heulsuse." Die Sache war schnell erledigt. Kalle erlegte das fürchterliche Spinnentier, ermahnte seinen Sohn, wobei seine Mundwinkel zuckten, so sehr verkniff er sich ein Lachen. Ilse erklärte ihrer Tochter, dass eine Schnake weder giftig, noch gefährlich wäre, was Elisa ihr nur bedingt glaubte.

Doch jetzt begann für Elisa der Ernst des Lebens. Angetan mit ihrem besten, fürchterlich kratzenden Wollkleid, den Ranzen auf dem Rücken und der Schultüte im Arm ging es los. Kalle hatte die Schicht getauscht, sodass er seine Tochter zur Schule fahren konnte. „Es ist mir ganz egal, ob sonst nur Mütter ihre Kinder auf dem ersten Schultag begleiten, ich jedenfalls werde das Kind fahren, was, Spatz?"

Er hatte vor einiger Zeit einen nagelneuen, knallroten VW Käfer gekauft, schließlich verdiente er auf der Kokerei und durch seine Nebenarbeit sehr gut. Elisa platzte fast vor Stolz, als sie vor der Schule anhielten. Das Fräulein, jung und adrett, gefiel Kalle über die Maßen gut. Geduldig wartete er den Schluss der ersten Schulstunde ab, um seine Tochter wieder nach Hause zu fahren.

Ilse hatte zur Feier des Tages Elisas Leibgericht gekocht und erkundigte sich beim Essen: „Na Frollein, wie ist die Schule so, hast du denn etwas gewusst?"

„Ja, alles", war die Antwort, „und die Lehrerin hat mich sehr gelobt."

Das klang schon einmal vielversprechend, schließlich sollte das Kind, wo es immer so gut Gedichte behielt, später die höhere Schule besuchen.

Auch weiterhin schien Elisa zu den Klassenbesten zu gehören, denn sie erzählte ständig, wie sehr die Lehrerin sie gelobt habe. „Der Uwe-Andreas, das ist der Klassenbeste, der Udo, der ist am Zweitbesten, aber dann komme schon ich. Die Lehrerin hat auch gesagt, dass ich die Drittbeste bin weil ich immer alles weiß", pflegte Elisa ihre Mutter zu informieren. Das stimmte nur bedingt. Elisa, schon immer in ihrer eigenen Welt zu Hause, wusste tatsächlich fast alle Fragen zu beantworten, meldete sich aber nie. Sie starrte die Lehrerin an wie das Kaninchen die Schlange, schien ihr auf telepathische Art mitteilen zu wollen, dass sie sehr wohl die Lösung der Aufgaben wusste. Leider kam das bei der zwar jungen und adretten, aber wenig telepathisch begabten Lehrerin nicht an. Sollten kleine Gedichte auswendig gelernt werden, so erzählte Elisa der Mutter, dass sie vor die Klasse getreten und alles ganz wunderbar, zum Entzücken der Lehrerin aufgesagt habe. Natürlich stimmte auch das nicht, doch Elisa hatte gelernt, der Mutter das zu erzählen, was sie gerne hören wollte, um gelobt und nicht bestraft zu werden. Je öfter sie derartige Geschichten erzählte, umso mehr glaubte sie selbst daran.

Auf die Idee, sich in der Schule nach den Fortschritten des Kindes zu erkundigen kam Ilse nicht, so wie sie auch nie auf einen Elternsprechtag ging. Kalle, dem die hübsche Lehrerin außerordentlich gut gefiel, fehlte zu seinem Bedauern die Zeit für ein intensives Gespräch.

Umso größer war Ilses Entsetzen, als das erste Zeugnis ins Haus flatterte. Elisa wurde in allen Fächern mit einem ‚ausreichend‘ benotet.

„Aber du hast doch gesagt, du wärst die drittbeste Schülerin?“

Elisa ließ sich nicht beirren. „Ja, das bin ich. Ich weiß auch nicht, warum die Lehrerin das nicht gemerkt hat.“

Kalle sah die Geschichte eher gelassen: „Nun lass das Mädel erst mal in Ruhe, sie wird schon auf deine verflixte höhere Schule kommen.“

„Das kommt gar nicht infrage, wenn sie gelogen hat, dann Gnade ihr Gott. Ich werde morgen in die Schule gehen und mit diesem Fräulein reden.“

Am nächsten Tag stürmte Ilse, ihre Tochter fest an der Hand, in den Klassenraum und stellte die Lehrerin zur Rede.

„Ja das stimmt schon, die von Elisa genannten Schüler sind wirklich die Klassenbesten. Aber ihre Tochter gehört leider nicht dazu. Sie meldet sich niemals. Wenn ich sie anspreche, dann schaut sie, als ob sie am liebsten unter die Bank kriechen würde und gibt keine Antwort. Auch muss ich sie ständig ermahnen, nicht mit der linken Hand zu schreiben. Immer wieder versucht sie es. Es ist mir nichts anderes übrig geblieben, als ihr jedes Mal einen Klaps auf die Hand zu geben. Im Übrigen stellt sich Elisa mit der rechten Hand sehr ungeschickt an." Auf diese niederschmetternde Auskunft hin konnte Ilse sich nur noch verabschieden und verließ wortlos die Schule.

„Soso, die Drittbeste", mit einem mitleidigen Lächeln wies das Fräulein Elisa auf ihren Platz. „Da hat sich deine Mutter aber ein bisschen geärgert, was."

Als Elisa mittags nach Hause kam, servierte ihr ihre Mutter wortlos das Essen und sprach anschließend den ganzen Tag kein Wort mehr mit ihr, was das Kind mit stoischer Gelassenheit hinnahm. Elisa war froh, dass ihre Mutter sie seit dem Abend, an dem der Vater den Küchenschrank kaputt gemacht hatte nicht mehr in den Besenschrank sperrte. Was bedeutete es also, dass Ilse einen Tag nicht mit ihr sprach.

***

Von einem Samstagsbesuch bei Gustav und Betty war Elisa besonders fasziniert. Gustav hatte einen Bandwurm und dieses in epischer Breite geschildert: „Da war ich auf'n Klo und dat war ganz komisch, als ich unter mich geguckt habe. Bin dann gleich in die Stube und hab die Betty gefragt, ob wir Nudeln gegessen hätten. Hatten wir aber nich. Bin ich also zum Doktor und der sacht mich glatt: ,Herr Jungherr, sie haben einen Bandwurm.' Ich sach euch, ich weiß nich, woher ich dat gekricht hab. Jedenfalls muss ich jetzt immer rohes Sauerkraut essen und meine Kacke nach´n Doktor bringen. Dat heißt, dat macht der Berti schnell auf'n Weg zur Arbeit. Wir, der Doktor und ich, müssen jetzt warten dat der Kopf von den Bandwurm rauskommt, dann bin ich geheilt."

„Onkel Gustav, darf ich dann den Kopf von dem Bandwurm sehen, bevor du ihn zum Arzt bringst?"

„Ach ne, Spatz, dat is mich schenant!"

Zurzeit machten sich Gustav und Betty ernsthafte Sorgen. Ihr Sohn Bertram war schon über 20 Jahre alt und hatte immer noch nichts mit dem anderen Geschlecht am Hut.

„Weiße, Jollenbeck, wenn der Junge wenigstens mal irgendein Mädel hätte. Meinst du, der ist vom anderen Ufer?" Gustav hatte sich zu einem vertraulichen Gespräch mit einem Experten durchgerungen. „Kannst du den Berti nicht mal mit innen Puff nehmen, da kommt er vielleicht auf'n Geschmack …"

„Lass man, Gustav, dafür habe ich noch nie bezahlt", Kalle war einigermaßen entrüstet wegen der Unterstellung. Er und ein Bordell besuchen, so weit musste es wirklich nicht kommen, die Weiblichkeit war willig genug. „Vielleicht ist der Junge einfach ein Spätzünder, hübsche Mädels gibt es genug. Mach ihn doch mal auf eine aufmerksam, dazu braucht er bestimmt nicht in den zu Puff gehen. Vielleicht sollte die Betty ihn auch nicht so betuddeln."

Mit dieser Bemerkung hatte Kalle Recht, denn Betty gluckte tatsächlich. Dass sie ihrem Sohn täglich seine Kleidung herauslegte, mochte noch angehen, aber dass sie ihn nach der Arbeit wusch, erschien schon recht merkwürdig. Berti war als Betriebsschlosser in einer Schraubenfabrik untergekommen. Kam er von der Arbeit nach Hause, so erwartete ihn seine Mutter bereits mit der vorbereiteten Zinkbadewanne. Er stellte sich, nur mit der Unterhose bekleidet, hinein, breitete die Arme aus und seine Mutter wusch ihn. Anschließend wurde er von ihr abgetrocknet.

Kalles Bemerkungen fielen auf fruchtbaren Boden. Gustav beratschlagte mit seiner Frau, und ihr fiel auch gleich ein Mädchen ein: Ihre Schwester, in Remscheid verheirate, hatte eine Tochter, Ulla, die im heiratsfähigen Alter, aber noch unbemannt war. Das es sich um Cousin und Cousine handelte schob man beiseite, es blieb halt alles in der Familie. Betty führte Verhandlungen, die Kandidatin zeigte sich nicht abgeneigt. Rustikal, wie sie war, packte sie ihren Kram zusammen und zog bei Onkel und Tante in Gelsenkirchen ein. Berti wurde gar nicht gefragt. Als er von der Arbeit kam, wartete nicht seine Mutter mit dem vorbereiteten Bad auf ihn, sondern Ulla, die ihm mit sachkundiger Hand wusch. Da die Wohnung nur aus zwei Zimmern bestand, hatte man für den Sohn ein Mansardenzimmer oben im Haus angemietet, in das Ulla praktischerweise gleich einzog. So war Berti ohne viel Mühe zu einer Freundin gekommen.

Bald darauf kamen die Jollenbecks zu Besuch, um die hilfsbereite Cousine zu begutachten. Elisa staunte, denn sie hatte noch nie eine so dicke Person gesehen. Hinzu kam, dass Ulla für gewöhnlich einen Nylonkittel trug. Da es unmöglich war, eine passende Strumpfhose zu bekommen, lüftete sie in regelmäßigen Abständen den Kittel und zerrte sich die zu kleine Strumpfhose über den Bauch. Elisa schaute fasziniert zu, erinnerte sie Ullas Unterteil doch an einen gewaltigen Globus.

Betty war glücklich. Nicht nur, dass die Schwiegertochter in spe sich gleich eine Arbeit in der Heißmangel gesucht hatte, sie machte ihr auch noch nebenbei den lästigen Haushalt, denn damit hatte Betty so gar nichts am Hut. Gustav war einfach erleichtert und erzählte seinen Schwager Jollenbeck auch gleich warum: „Stell dich bloß vor, Jollenbeck, da will ich wat mit meinen Sohn bequatschen. Gehe ich also rauf in sein Zimmer, klar, ohne Anklopfen – aber dat mach ich auch nicht mehr! Ich mache also die Tür auf und da steht die dicke Ulla splitterfasernackt vorm Bett, der Berti liegt drauf, auf'n Bett meine ich, nich auf Ulla, und krault ihr dat Ruhrgebiet. Siehst du, der Bengel is doch nich vom anderen Ufer. Und eines will ich dich mal sagen, die Ulla, dat ist eine gewaltige Frau!"

***

„Wir fahren in die Schweiz!"

Dieser Satz ging Elisa gar nicht mehr aus dem Kopf. Das erste Mal sollte sie ganz alleine mit ihren Eltern in den Urlaub fahren, denn Peter wollte die Sommerferien lieber mit seinen Freunden in einem Ferienlager verbringen.

Für Elisa wurde es der schönste Urlaub ihres Lebens, denn die Eltern tranken nur in Maßen Alkohol, zankten sich während des ganzen Urlaubs nicht. Ilse hatte keine Herzprobleme, Karl kümmerte sich hingebungsvoll um Frau und Kind. Die Vormittage verbrachte man an einem idyllischen Bergsee. Ilse sonnte sich und klebte Blätter auf die Nase, damit sie dort keinen Sonnenbrand bekam. Kalle brachte seiner Tochter mit unendlicher Geduld das Schwimmen bei.

Einmal, als Elisa ausnahmsweise allein in Ufernähe herumpaddelte, kreuzte eine schillernde Wasserschlange ihren Weg. Sie fand das Tier wunderschön, versuchte ihm zu folgen. Sie konnte gar nicht verstehen, dass die Eltern in helle Aufregung gerieten und Kalle ihr hinterherhechtete, um sie an Land zu bringen. Jeden Tag trieb ein Schäferhund seine kleine Kuhherde an den See, auch das war ein Erlebnis. Nach dem Mittagessen und der Siesta ging es oft zu einem Dämmerschoppen in den Ort. Die Kleinfamilie lebte Harmonie pur, kein böses Wort verdarb die Urlaubsstimmung. Als während des Urlaubs ein Gewitter mit infernalischen Blitzen und furchterregendem Donner über dem San Salvatore niederging, nahm Kalle Frau und Tochter in die Arme. Elisa fühlte sich sicher und beschützt wie nie zuvor.

Der Urlaub ging viel zu schnell vorbei, allerdings brachten die Eltern ein ganz besonderes Souvenir mit nach Hause, denn Ilse war wieder schwanger.

***

„Wirklich Ilse, das ist die Gelegenheit überhaupt. Ich habe alles geplant. Der siebeneinhalb Tonner lässt sich mit dem normalen Führerschein fahren, ich brauche also nicht mal einen LKW-Führerschein. Der Lastwagen ist spottbillig, ich gebe ja auch den Käfer in Zahlung!" Kalle war Feuer und Flamme. Die Arbeit auf der Kokerei hing ihm gründlich zum Hals heraus. Jetzt ergab sich die Gelegenheit, günstig einen LKW zu kaufen, was ihn auf die Idee brachte, ein Fuhrunternehmen zu gründen.

„Aber Karl, was ist, wenn du keine Aufträge bekommst?", wagte Ilse einen Einwand.

„Das wird nicht passieren, ein Bekannter hat mir seine Hilfe zugesichert. Die Firma, bei der er beschäftigt ist, vergibt immer Fahrten an freie Unternehmer. Er will dafür sorgen, dass mein Wagen immer gut ausgelastet ist. Dafür kriegt er ab und zu eine Flasche Schnaps. Es kann also gar nichts schief gehen."

„Ja aber wir leben doch in einer Werkswohnung. Was ist, wenn du kündigst, gerade jetzt, wo ich schwanger bin? Fliegen wir dann nicht achtkantig aus unserer Wohnung?" Ilse war alles andere als überzeugt.

„Du siehst alles viel zu schwarz, Ilsekind. Bei so vielen Kokereiarbeitern fällt es gar nicht auf, dass einer gekündigt hat. Wir können also beruhigt in der Werkswohnung bleiben", tat Kalle die Bedenken seiner Frau ab. „Schau, die Buchhaltung mache ich selbst, das macht mir Spaß. Wenn alles gut läuft, dann kaufen wir einen zweiten LKW und stellen einen Fahrer ein. Überlass ruhig alles mir, du musst dich um nichts kümmern, das lässt dein schwaches Herz ja auch nicht zu." Kalle ließ sich durch nichts und niemanden bremsen. Er kündigte den Job, gab den Käfer in Zahlung, unterschrieb einen Kreditvertrag und war bald stolzer Besitzer eines kleinen LKW.

Leider waren seine hochfahrenden Pläne von Anfang an zum Scheitern verurteilt. Er bekam nie genug Fuhren zugeschustert, scheinbar hatte sein Bekannter wesentlich mehr als eine gelegentliche Flasche Schnaps erwartet. Auch bei anderen Firmen konnte er kaum lukrative Aufträge ergattern. Alles in allem waren die Betriebskosten höher als der erzielte Gewinn. „Das ist die Durststrecke, die wir überwinden müssen", erklärte er seiner skeptischen Frau. „Wenn ich erst einmal Fuß gefasst habe, dann werde ich mich vor Aufträgen nicht retten können. Bis dahin gilt es durchzuhalten."

Richtig schlimm wurde es, als die Wohnungs-kündigung ins Haus flatterte, denn natürlich war es nicht unbemerkt geblieben, dass er nicht mehr für die Kokerei arbeitete. Die Ehe-leute suchten fieberhaft nach einer neuen, günstigen Wohnung, was mit zwei Kindern und einer deutlich schwangeren Ilse nicht leicht war. Schließlich fand Kalle ein abgele-genes Haus, das sich aber immerhin noch im Gelsenkirchener Stadtgebiet befand. Zwar stand die Immobilie eigentlich zum Verkauf, doch gab sich der Eigentümer vorerst mit einer Vermietung zufrieden. „Kommt Zeit, kommt Rat. Bald geht es aufwärts mit dem Geschäft. Wenn der Hausbesitzer noch im Preis runter geht, dann werde ich das Häuschen kaufen", gab sich Kalle optimistisch.

Noch eine weiter finanzielle Belastung kam dazu, an die weder Karl noch Ilse gedacht hat-ten, denn die Familie war nicht mehr kranken-versichert und jeder Arztbesuch kostete. Für eine private Versicherung reichte das Geld nicht. Kalle kam ins Grübeln. Wie teuer wohl die Entbindung sein würde? „Hm, Ilse, du hast doch unseren Peter zu Hause bekommen. Mit Elisa warst du eigentlich nur im Krankenhaus, weil die Entbindung problematisch war."

Ilse musterte ihn kühl. „Siehst du, deine Tochter hat von Anfang an Probleme gemacht. Das kann sie nur von dir haben. Aber ich werde das Kind auf keinen Fall zu Hause bekomme, das kannst du dir abschminken, mein Lieber!"

„Ich dachte ja auch nur ..." Kalle zuckte mit den Schultern.

„Denk nicht mal dran!"

Wenigstens bot das neue Haus genügend Platz, sodass Peter und Elisa jeweils ein Zimmer bekamen. Elisa hatte endlich ein eigenes kleines Reich. Sie baute ihre Puppen im ganzen Zimmer auf und fühlte sich wohl. Zum Haus gehörte ein riesiger Garten, der völlig verwildert war. Kalle verbrachte jede freie Minute damit, ihn zu kultivieren, wenn auch mit mäßigem Erfolg. Auf die große Wiese hinter dem Haus baute er ein Schaukelgerüst. Damit es auch schön stabil war, betonierte er die Metallstangen rechts und links ein, anschließend kümmerte er sich nicht mehr darum, was zur Folge hatte, dass die Kinder viel zu früh auf die Schaukel gingen. So bewegte sich nicht nur die Schaukel vor und zurück, sondern das ganze Gerüst, das zudem herzerweichend knarrte.

„Das ist gar nicht schlimm", beschwichtigte Elisa den aufgebrachten Vater. „Wir sind bestimmt die einzigen Kinder auf der ganzen Welt, die eine sprechende Schaukel haben. Das ist doch toll."

Peter bekam von seinem Vater ein Luftgewehr geschenkt. „Ilsekind, das war wirklich ganz billig, ein Sonderangebot. Ist doch für den Jungen", erklärte Kalle seiner Frau, als sie ihn zur Rede stellte. Er übte mit seinem Sohn auf Streichholzschachteln schießen. Elisa setzte sich dazu und passte auf, dass die Zwei nicht etwa einen Spatz ins Visier nahmen.

Kalle nahm seine, nun schon sehr rundliche Frau oft in den Arm. „Siehst du, Liebes, es wird doch noch alles gut, das habe ich dir gleich gesagt. Ich verspreche dir, wenn das Geschäft erst einmal läuft kaufen wir das Haus."

***

Anna war nicht glücklich über die erneute Schwangerschaft ihrer Tochter. Immer wieder las man neuerdings in der Zeitung, welche welchen Risiken es für Mutter und Kind geben konnte. Gerade wenn die werdende Mutter nicht mehr ganz jung war. Ihr selbst ging es gar nicht gut. Sie hatte bereits einen Schlaganfall hinter sich und ihr Leben einer Nachbarin zu verdanken: Die Frau war ursprünglich zu einem Pläuschchen vorbeigekommen und hatte Anna im Bett liegend vorgefunden. Sie konnte die linke Seite nicht mehr bewegen und auch nicht sprechen. Adolf saß in der Küche vor dem Radioapparat und wollte nichts davon hören, einen Arzt kommen zu lassen. „Das kuriert sich schon von selbst aus", erklärte er stoisch. „Früher hat man auch nicht für jedes Wehwehchen einen Arzt geholt."

Aufs Höchste besorgt alarmierte die Nachbarin Ilse und Karl. Zum Glück war der Schwiegersohn zu Hause. So fuhr man schnellstens in die elterliche Wohnung und sorgte dafür, dass Anna in ein Krankenhaus kam.

Sie erholte sich erstaunlich schnell, auch wenn sie etwas ungelenk blieb und ihr vieles nicht mehr so leicht von der Hand ging. Adolf hatte ihre Abwesenheit im Vollrausch verbracht. Er war froh, dass wieder jemand da war, der morgens den Kohleherd in Betrieb setzte, ihm das Frühstück servierte und die Mahlzeiten zubereitete.

Das war schon einige Zeit her, Anna hatte gedacht, alles gut überstanden zu haben, doch heute fühlte sie sich gar nicht wohl. Ständig wurde es ihr schwindelig. Mit dem Sehen schien auch etwas nicht in Ordnung zu sein, dazu kamen bohrende Kopfschmerzen. Sie machte sich große Sorgen um ihre Ilse, schließlich war das Kind fast 40 Jahre alt. Hinzu kam, dass die Tochter in letzter Zeit häufiger Schmerzen im Unterleib hatte. „Falscher Alarm", wiegelte sie dann ab, aber in Wahrheit fehlte es an Geld, um einen Arzt zu konsultieren. Eigentlich müsste sie, Anna, zur Stelle sein, aber wer sollte in der Zwischenzeit ihren Mann versorgen. Er war ja ohne sie hilflos, betrank sich nur und aß nicht einmal vernünftig. Seufzend machte sie sich am Herd zu schaffen. Adolf wollte pünktlich seine Milchsuppe zum Abendbrot haben. Wenn bloß nicht diese Kopfschmerzen wären …

Zur gleichen Zeit saß Ilse im Wohnzimmer und versuchte sich auf die laufende Fernsehsendung zu konzentrieren. Eigentlich schaute sie sich ‚Hier und Heute' gerne an. Kalle war schon zu Hause und schmierte den Kindern Butterbrote. „Liebes, hast du auch Hunger? Ich mache dir etwas zurecht", rief er aus der Küche.
„Lieber nicht", war ihre Antwort. „Ich glaube das Kind kommt! Jedenfalls fühlt es sich so an!"
Als zweieinhalbfacher Vater blieb Kalle cool. „Moment, ich koche den Kindern eben schnell noch ihren Tee, dann geht's ab ins Krankenhaus." Er versorgte die Kinder, die ganz begeistert waren, weil sie bis zu seiner Heimkehr fernsehen durften. Anschließend fuhr er den Laster vor die Haustür und half seiner Frau in das Führerhaus. Während der Fahrt krümmte sich Ilse immer wieder zusammen, denn die Wehen hatten heftig eingesetzt. „Du meine Güte", keuchte sie während einer kurzen Atempause. „Ich hatte ganz vergessen, wie weh das Kinderkriegen tut!"

Im Krankenhaus angekommen schien sich die Wehen etwas zu legen. Nach einer gründlichen Untersuchung tätschelte die Hebamme Ilse vorsichtig den Bauch. „Mit einem Wehensturm ist nicht zu spaßen. Wir legen dir jetzt einen Tropf, wenn das allerdings nicht hilft, so werden wir das Kind mit einem Kaiserschnitt holen müssen. Aber es wäre besser, wenn wir es noch eine Weile an Ort und Stelle lassen könnten, schließlich hast du gut drei Wochen Zeit bis zum Geburtstermin. Allerdings wirst du erst einmal hier bleiben müssen."

Zur Erleichterung aller wirkte der Tropf bald, der Wehensturm war überstanden. Kalle machte sich auf den Weg nach Hause, wo er die vor dem Fernseher eingeschlafenen Geschwister sacht weckte und ihnen erklärte, dass das neue Baby noch auf sich waren ließ.

„Prima, dann können wir ja bald wieder so lange fernsehen", stellte Peter fest.

Am Vormittag des nächsten Tages kam eine besorgte Krankenschwester in Ilses Zimmer. „Bitte regen sie sich nicht auf, Frau Jollenbeck. Ihre Mutter ist heute Nacht eingeliefert worden, ein zweiter Schlaganfall. Es sieht nicht gut aus. Sie sollten zu ihr, wenn es möglich ist."

Wie betäubt folgte Ilse der Schwester ein Stockwerk tiefer. Anna lag, zwar mit offenen Augen, aber bewegungslos in ihrem Krankenbett. Sie reagierte auch nicht, als ihre Tochter sie ansprach. Der anwesende Arzt wandte sich der fassungslosen Ilse zu. „Wir haben das Menschenmögliche getan, doch ich fürchte es geht zu Ende. Ich lasse sie jetzt mit ihrer Mutter allein."

Ilse nickte und nahm behutsam Annas Hand: „Mutter, es ist alles in Ordnung mit mir und dem Baby, wirklich. Du machst dir ganz unnötige Sorgen. Bitte bleib bei mir!"

Anna öffnete den Mund, wollte etwas sagen, brachte aber kein Wort heraus. Sie drückte die Hand ihrer Tochter so fest sie konnte. Vorsichtig erwiderte Ilse den Händedruck, dann strich sie Anna über den Handrücken, so wie sie es schon als Kind getan hatte. „Bitte lass mich nicht allein", schluchzte sie. „Was soll ich denn ohne dich machen?"

Wieder versuchte die Mutter zu sprechen, doch kam kein Ton über ihre Lippen, so sehr sie sich auch abmühte. Plötzlich wurde Ilse ganz ruhig. Die Situation erschien ihr unwirklich, sie nahm alles wie durch einen Schleier war. „Ist schon gut, nicht sprechen, ich halte einfach deine Hand", wisperte sie. So saß Ilse lange Zeit schweigend am Bett, bis ihre Mutter schließlich friedlich einschlief.

Ilse konnte keinen klaren Gedanken fassen. Anna, die sich immer um sie gesorgt hatte, die immer für sie da gewesen war, die sie so sehr geliebt hatte war nun tot. Wie sollte das Leben ohne sie weiter gehen? Was sollte aus Adolf werden? Und da war ja noch das Baby, wie sollte sie das alles bloß bewältigen!

***

„Ich höre nichts", die Hebamme runzelte die Stirn. „Sag mal, hast du das Kind heute gespürt, hat es sich bewegt?"

Ilse schüttelte den Kopf. „Nein, ich habe schon länger keine Bewegung gespürt. Aber ich habe nicht darauf geachtet."

Ilse hatte sich sofort nach Annas Tod auf eigene Verantwortung aus dem Krankenhaus entlassen. Sie wollte sich um die Beerdigung ihrer Mutter kümmern und ließ sich weder vom behandelnden Arzt noch von ihrem Mann davon abhalten. Sie erklärte sich lediglich bereit, sich jeden Tag von einer Hebamme untersuchen zu lassen.

Heute war die Hebamme zu einem Hausbesuch erschienen. Bei der Untersuchung waren keine Herztöne des Kindes festzustellen. „Du musst sofort ins Krankenhaus", stellte sie betont sachlich fest. „Vielleicht irre ich mich, aber sicher ist sicher."

Auch im Krankenhaus konnte man keine Herztöne feststellen. Zwar wurde sofort ein Kaiserschnitt durchgeführt, doch war das Kind, ein Junge, bereits tot.

Ilse erholte sich nur langsam von all dem, doch nahm sie den Verlust ihres Kindes mit unheimlich wirkender Gelassenheit hin. Fast schien es, als würde sie viel mehr darüber trauern, nicht an der Beerdigung ihrer Mutter teilgenommen zu haben, als über die Totgeburt.

Adolf hatte seine Frau weder ins Krankenhaus begleitet, noch von ihr Abschied genommen. Er nahm zur Kenntnis, dass sie tot war, und überließ es dem Schwiegersohn, sich um die Formalitäten zu kümmern. Auch der Verlust des dritten Enkelkindes kümmerte ihn wenig. Er betrank sich, jammerte, wankte zurück in die Wohnung und weinte Alkoholtränen.
Nachdem Ilse aus dem Krankenhaus entlassen wurde, kümmerten Kalle und sie sich um den Vater. Da Adolf ständig betrunken war und völlig verwahrloste, packten sie ihn nach einem frustrierenden Besuch kurz entschlossen in den LKW und nahmen ihn mit nach Hause. Elisa musste ihr Zimmer räumen, Adolf wurde dort einquartiert. Fortan schlief Elisa im elterlichen Schlafzimmer. Dabei blieb es, denn Adolf betrat nie wieder die eheliche Wohnung. Karl versuchte seiner Frau zur Seite zu stehen so gut es ging, war aber völlig überfordert. Zudem spitzte sich die finanzielle Situation zu, denn so sehr er sich auch bemühte, er bekam kaum noch Fuhren.
Ilse hingegen versank in einer Depression, kümmerte sich wenig um ihre Familie. Den Tod von Karls Vater nahm sie lediglich zur Kenntnis. Selbst als kurz darauf ihr Bruder

Gustav an den Folgen seiner Staublunge starb, konnte sie nicht trauern und brachte die Beerdigung scheinbar teilnahmslos hinter sich.

An manchen Tagen schien alles wieder ins Lot zu kommen. Ilse war umgänglich, umsorgte die Kinder fast übertrieben, zeigte Interesse für Karl und seine Probleme. Dann war sie wieder abweisend, in sich gekehrt, lief den ganzen Tag ungekämmt und im Kittel herum, wirkte seltsam unbeteiligt.

Weder sie noch Kalle konnten mit der Situation umgehen, versuchten sich aus dem Weg zu gehen, redeten niemals über den erlittenen Verlust. Als Folge dieser Sprachlosigkeit auf beiden Seiten gingen die Eheleute immer respektloser miteinander um. Karl konnte nicht verstehen, dass Ilse darauf bestand ihren Vater im Haushalt zu behalten, denn Adolf dachte an nichts anderes, als irgendwie an Alkohol zu gelangen. Er schickte die Kinder möglichst heimlich mehrmals am Tag zur nahe gelegenen Trinkhalle um Bier und Schnaps zu kaufen. Ansonsten wartete er auf die Mahlzeiten, oder saß rauchend bis zum Sendeschluss vor dem Fernseher im Wohnzimmer. Hinzu kam, dass er gar nicht daran dachte, der Familie finanziell unter die Arme zu greifen. Ilse wiederum warf Karl vor, sie und ihre Trauer nicht zu verstehen und herzlos darüber hinwegzugehen. Die Streitgespräche wurden immer heftiger. Oft zog sich Ilse weinend zurück, hockte schluchzend in der Küche.

Während sich Peter möglichst zurückzog, setzte sich seine Schwester zur Mutter, versuchte unbeholfen sie zu trösten, während sich Ilse verbittert über den herzlosen Ehemann klagte. Karl hockte in der Zwischenzeit im Wohnzimmer, brütete in hilflosem Schweigen vor sich hin, betrank sich systematisch. Dann konnte ein falsches Wort von Ilse ihn zum Explodieren bringen. Im betrunkenen Zustand war er oft unbeherrscht und ließ seine Wut und den Frust an einem Möbelstück aus.

Peter machte sich in solchen Situationen unsichtbar so gut es ging, weil er aus Erfahrung wusste, dass sich die Wut seines Vaters schnell gegen ihn richten konnte. Seiner Schwester gelang es oft, den Vater zu besänftigen. Mehr als einmal nahm sie ihn einfach bei der Hand, brachte ihn dazu sich ins Bett zu legen, während sie sich zu ihm setzte, bis er eingeschlafen war.

„Ach Spatz", lallte er im Einschlafen. „Du musst nicht glauben, was deine Mutter über mich erzählt. Sie is´ ne gute Frau und ich mache immer alles falsch und alles kaputt."

Zu allem Überfluss drängte der Hausbesitzer auf einen Kauf. Er wollte das Haus so schnell wie möglich loswerden. Kalle verhandelte, versuchte ihn im Preis zu drücken. Gleichzeitig bemühte er sich, seinen Schwiegervater davon zu überzeugen, seine Ersparnisse in das Haus zu stecken oder ihm wenigstens etwas Geld vorzustrecken. Adolf, der argwöhnisch war, „in Pommern haben wir nicht mit unserem Geld spekuliert", blockte alles ab, wollte sich auf keinen Kompromiss einlassen. Auch Ilse konnte oder wollte ihn nicht überzeugen.

Da Kalle alleine nicht in der Lage war den Immobilienkauf zu finanzieren, wurde das Haus anderweitig verkauft. Bald darauf flatterte die Kündigung wegen Eigenbedarf ins Haus.

***

„Wer nichts wird, wird Wirt. Kennst du den Spruch nicht?" Adolf kicherte leise vor sich hin.

„Aber Vater, was sagst du denn da", Ilse war entrüstet. „Die Gastwirtschaft ist eine Möglichkeit für uns ganz neu anzufangen. Du hast doch auch mitgekriegt, dass es hinten und vorne nicht klappt. Nicht zwischen Kalle und mir und auch nicht mit dem Geld. Am Wochenende schauen wir uns die Räumlichkeiten an. Die Wirtschaft ist geöffnet, aber der Pächter will unbedingt aus dem Vertrag ´raus. Die Konditionen sind wirklich gut."

Adolf ließ sich nicht beirren und hatte auch schon den nächsten Spruch parat: "Mache nicht den Bock zum Gärtner, der Jollenbeck säuft ganz schön und du spuckst auch nicht rein." Jetzt wurde Ilse wirklich böse: „Ja sicher dat, das musst DU gerade sagen, DU bist der Richtige, DU säufst wie ein Loch …", so ging es noch eine ganze Weile weiter. Adolf zog die Schultern zwischen die Ohren und machte, dass er in den Garten kam. „Weiber", dachte er. Was das Keifen anbetraf, so konnte Ilse es durchaus mit ihrer Mutter aufnehmen und die hatte Haare auf den Zähnen gehabt, obwohl sie eine herzensgute Frau gewesen war. Er seufzte tief. Was hatte Anna sich bloß dabei gedacht, ihn ganz allein zu lassen. Schließlich war er 15 Jahre älter gewesen und hatte immer damit gerechnet, vor ihr zu sterben. Wieder ein Seufzer. Jetzt musste er eben schauen, wie er zurechtkam.

Am Samstagabend ging es endlich in Richtung Westerholt, denn dort befand sich die Gaststätte.

Wer ursprünglich die kühne Idee hatte, in die Gastronomie zu gehen war im Nachhinein nicht mehr nachzuvollziehen. Nachdem sie sich einmal für den Gedanken erwärmt hatten, waren Karl und Ilse Feuer und Flamme. Plötzlich redeten sie wieder miteinander, schmiedeten Pläne und malten sich aus, wie es sein würde, eine eigene Gaststätte zu führen.

Das Fuhrunternehmen hatte sich endgültig als Flop erwiesen, zudem war der Laster immer noch nicht abbezahlt. Man musste schnellstens aus dem Haus ziehen, da der neue Besitzer drängelte. Hinzu kamen der ständig schwelende Konflikt zwischen Ilse und Kalle. Die Eheleute hatten sich, als feststand, dass es so nicht mehr weitergehen konnte, zusammengesetzt und lange miteinander diskutiert. Beide wollten die Ehe fortsetzen, waren sich jedoch klar darüber, dass sich etwas Grundlegendes ändern musste.

„Vielleicht wäre es gut, wenn wir wieder ein gemeinsames Geschäft hätten", überlegte Ilse. Die beiden hatten kurz nach ihrer Heirat einen Obst-und Gemüseladen betrieben, mit dem sie allerdings in den Konkurs gegangen waren, was beide scheinbar verdrängt hatten.

„Das wäre eine Lösung", stellte Kalle mit einem schiefen Grinsen fest. „Wir würden den ganzen Tag miteinander arbeiten und du hättest keinen Grund eifersüchtig zu sein. Ich habe einmal einen Fehltritt getan, aber glaub' mir, das passiert nie wieder. Du ahnst nicht, wie oft ich das bereut habe." Ilse schüttelte unwillig den Kopf. „Ist schon gut. Ich habe dir vergeben, aber vergessen werde ich das niemals. Darüber möchte ich nicht reden. Du findest die Idee also auch gut gemeinsam ein Geschäft zu führen? Eigentlich war das Miteinander im Obst- und Gemüseladen doch schön." Kalle schloss sie in die Arme. „Ja, Liebes, bestimmt wird alles so wie früher." Das Pärchen schien an einem momentanen Realitätsverlust zu leiden.

Da kam die Annonce in der „Westdeutschen Allgemeine" gerade recht. Es wurde ein Nachpächter für eine Gastwirtschaft in Westerholt mit Saal, Fremdenzimmern und dazugehöriger Wohnung gesucht.

Westerholt, das war für Kalle und Ilse als alte Gelsenkirchener zwar schon fast Ausland, aber man würde sich zurechtfinden. Kalle mit seiner verbindlichen Art kam sehr schnell mit jedem Fremden ins Gespräch und würde einen vorbildlichen Gastwirt abgeben. Ilse brauchte länger, um warm zu werden. Doch sie gedachte sowieso, im Hintergrund zu bleiben und sich um die Pensionsgäste kümmern. Für die grobe Reinigung der Gaststätte und der Fremdenzimmer würde man jemanden einstellen müssen, das konnte Ilse unmöglich alleine machen.

So fuhren die Jollenbecks am frühen Samstagabend los, um die Gaststätte ‚Zur Börse' in Augenschein zu nehmen. Adolf blieb zu Hause: „Ne, Vater, nachher säufst du gleich so viel! Das wirft kein gutes Bild auf uns!"
Die Gaststätte lag mitten im alten Dorf. Im Vorbeifahren zählte Ilse nicht weniger als vier weitere Kneipen auf ca. 300 Metern Straße. „Wie die wohl alle zurechtkommen? Aber es scheint zu funktionieren. Wenigstens ist die Kirche gleich gegenüber, da machen die Männer nach dem Kirchgang sicherlich ihren Frühschoppen bei uns. Kalle, du als Katholik musst unbedingt jeden Sonntag in die Messe." Karl tippte sich an die Stirn: „Das kannst du dir gleich abschminken, du weißt ganz genau, dass ich mit der Kirche nichts am Hut habe. Geh doch selbst hin und nimm die Kinder am

besten gleich mit." Damit war das Thema Kirchgang abgehakt, denn Ilse ging höchstens zu Ostern und zu Weihnachten in die Kirche. Sie verschlief, genau wie ihr Mann, den Sonntagmorgen viel zu gern.

Die Gaststätte kam in Sicht, eine Eckkneipe, ein ziemlich alter Bau, wogegen nichts zu sagen war, allerdings hätte das Haus dringend einen neuen Anstrich gebraucht. Auch von innen sah die Wirtschaft nicht besser aus, der Tresen war alt, die Tische und Stühle reif für den Sperrmüll. Man stellte sich vor, wobei die Wirtsleute erleichtert wirkten. Wahrscheinlich hatten sie nicht erwartet, dass sich die Interessenten wirklich blicken ließen. Die Jollenbecks setzten sich an den Stammtisch und schauten sich um.

„Das ist aber malerisch hier, es gibt sogar Buntglasscheiben." Ilse wollte sich wohlfühlen, denn das die Hälfte der kleinen Buntglasscheiben, die in halber Höhe vor den normalen Fensterscheiben steckten, zerbrochen waren, oder ganz fehlten, übersah sie.

„Ja und heute am Samstag haben wir richtig Betrieb. Die Gaststätte läuft gut", erklärte der Wirt freudestrahlend, während seine Frau eifrig nickte. Die jetzt fällige Frage, warum die Pächter die Gaststätte überhaupt aufgeben wollten fiel Kalle und Ilse nicht ein.

Als man die gesamten Räumlichkeiten besichtigt hatte und in den Schankraum zurückkam, war dieser tatsächlich gut besucht, die Gäste schon recht lustig.

„Hier ist ja ganz schön was los, diese Kneipe scheint eine Goldgrube zu sein. Die Fremdenzimmer sind zwar nicht vermietet, aber das ist sicher nur im Moment so. Der Saal ist wirklich riesig. Wir könnten Tanzveranstaltungen organisieren, mit einer Kapelle, und im Nebenzimmer tagt vielleicht mal der Gemeinderat." Kalle baute schon wieder Luftschlösser, wobei Ilse es ihm gleich tat: „Die dazugehörige Wohnung ist auch groß genug. Ein Zimmer für Vater ist vorhanden, auch ein Wohnzimmer. Das Schlafzimmer ist riesig. Elisa kann also weiter problemlos bei uns schlafen."

„Ist das nötig? Vielleicht können wir ein Fremdenzimmer zum Kinderzimmer umfunktionieren." Der Gedanke die Tochter weiterhin im Schlafzimmer zu haben gefiel Kalle ganz und gar nicht, aber Ilse ließ sich nicht dreinreden. „Erst mal, das findet sich dann schon. Jedenfalls kann Peter in der Mansarde schlafen, das andere Zimmer oben können wir auch noch vermieten."

„Ich sehe schon, es gefällt ihnen alles rundherum gut, darauf sollten wir anstoßen." Der Pächter hatte sich mit an den Tisch gesetzt. „Sie müssten sich allerdings jetzt mit der Firma Getränke Troll in Verbindung setzen, ein Herr Broth ist da zuständig."

Direkt in der nächsten Woche wurde Kalle bei Herrn Broth vorstellig. Die Firma war im

Prinzip mit einem Pächterwechsel einverstanden, stellte aber einige Bedingungen. Zunächst verlangt man eine hohe Kaution, der Pachtvertrag lief über 7 Jahre. Weiterhin verpflichteten sich die neuen Wirtsleute, bei Androhung einer Konventionalstrafe, nicht nur das Bier, sondern auch sämtliche Spirituosen und nichtalkoholischen Getränke über den Getränkevertrieb Troll zu beziehen. Kalle willigte in alle Bedingungen ein, ohne groß darüber nachzudenken. Zu reizvoll war der Gedanke die Gaststätte zu übernehmen und endlich erfolgreich zu sein, denn davon war er überzeugt.

***

„So geht es nicht weiter, mein Lieber! Wir müssen uns etwas einfallen lassen. Der einzige gute Gast ist mein Vater!" Ilse wies auf ihren Vater, der vor dem Tresen stand und mit einem 5 Mark Schein wedelte. „Einen noch", nuschelte er.
„Aber Vater, du hast für heute genug. Du kannst ja kaum noch stehen!" Ilse war unerbittlich. Grummelnd tippelte Adolf durch die Hintertür, um in seinem Zimmer den Rausch auszuschlafen.
Dabei hatte doch alles so gut angefangen. Der Umzug ging reibungslos über die Bühne, man richtete sich in den neuen Räumlichkeiten ein. Elisa schlief weiterhin im Elternschlafzimmer. Peter bekam vorerst eines der beiden freien Zimmer unter dem Dach. Er hatte sich gewei-

gert die Schule noch einmal zu wechseln und fuhr jeden Morgen mit dem Bus. Seine Eltern tolerierten das, denn er war bereits im vorletzten Schuljahr. Elisa allerdings wechselte zum zweiten Mal innerhalb von 2 Jahren die Schule. Auch der Lastwagen ließ sich gut verkaufen, die Raten für den Wagen vom Erlös bezahlen, sodass nur das Geld für die Kaution als Kredit aufzunehmen war. Kalle hatte sogar noch etwas Geld übrig und kaufte sich dafür einen ‚Barocktaunus', auf den er stolz war, hatte das Auto mit seinen Heckflossen und dem vielen Chrom doch etwas von einem amerikanischen Straßenkreuzer.

Die Wirtschaft lief zunächst gut, denn jeder im Dorf wollte sich die neuen Wirtsleute einmal anschauen. Man stellte eine Haushälterin ein, eine ältliche, farblose Person, die mit ihrem ständigen Begleiter in die Mansarde einzog. Die beiden gaben sich als Ehepaar Chudzinski aus, was nach einem Besuch der tatsächlichen Ehefrau Chudzinski, die einen deftigen Streit provozierte, ad absurdum geführt wurde. Kalle grinste, Ilse war entsetzt, aber beide gingen über den Vorfall hinweg. Tante Käthe, wie sie sich von den Kindern nennen ließ, war fleißig und sauber, ihr Freund kümmerte sich um die Koksheizung und erledigte kleinere Reparaturen. Dass die beiden ein Alkoholproblem hatten, bemerkte man vorerst nicht, wenn Tante Käthe auch öfter nach der morgendlichen Reinigung des Schankraumes eine kapitale Fahne hatte. Gelegentlich kam sie am Morgen mit einigen Blessuren aus ihrem Zimmer. Das überging man geflissentlich.

An einem Morgen allerdings war ihr in allen Farben schillerndes Veilchen nicht zu übersehen. Sie erzählte auch gleich, wie das passiert war: „Stellen sie sich vor, Frau Jollenbeck, gestern hat mein Mann zu viel getrunken. Sie müssen wissen, das bekommt ihm nicht. Also habe ich ihn darauf hingewiesen, dass er zu viel gesoffen hat. Was tut der Mann?", an dieser Stelle machte Tante Käthe eine Kunstpause.

„Also was tut er?", fragte Ilse interessiert.

„Er sagt zu mir, ich würde aussehen wie ein Frettchen", Käthe war empört. „Dieser Mistkerl! Anschließend zieht er seinen Schuh aus und wirft ihn! Und stellen sie sich mal vor, der Schuh landet genau auf meinem Auge."

Ilse verkniff sich mühsam das Lachen. „Sie Arme und wie soll es jetzt weiter gehen?"

„Ach ich habe ihm schon verziehen, ihm brummt heute sowieso der Schädel, das ist Strafe genug."

Nach und nach erfuhren Karl und Ilse, dass ihre Vorgänger mit der Gaststätte samt und sonders in Konkurs gegangen waren. Auch dem Pächter Ehepaar, das sie kennengelernt hatten, erging es nicht anders, nur waren diese Leute cleverer als ihre Vorgänger. Sie hatten sich früh genug mit dem Generalvertreter Broth in Verbindung gesetzt, für etwas naive

Nachpächter gesorgt, und waren so relativ schmerzfrei aus ihrem Vertrag entlassen worden.

„Aber die Kneipe war doch so gut besucht, als wir zum ersten Mal hier waren" , meinte Ilse verblüfft. Das stellte sich als ein echter Schildbürgerstreich heraus. Die Vorpächter hatten einfach ihre Verwandtschaft und Bekanntschaft zu einem kostenlosen Umtrunk eingeladen. Zur Bedingung für die kostenlose Bewirtung wurde allerdings gemacht, dass die Gimpel, welche sich den Gastbetrieb ansahen, am Ende des Abends überzeugt sein mussten, hier auf eine Goldgrube gestoßen zu sein.

Die interessierten Dorfbewohner hatten sich die neuen Wirtsleute angeschaut. Der Wirt schien recht nett und umgänglich, die Frau ein wenig hochnäsig zu sein, aber das war nicht der springende Punkt. Ins Gewicht fiel, dass nur der Mann dem katholischen Glauben angehörte. Auch das hätte man hingenommen, wenn die Neuen trotz ihres teilweise falschen Glaubens zur Messe erschienen wären. Auch kauften sie ihre Lebensmittel weder beim ortsansässigen Schlachter, der ein wichtiges Gemeindemitglied war, noch bei irgendeinem anderen Händler im Dorf. Sie bevorzugten den Großhandel oder einen der neuen Supermärkte in der Stadt. Was das Fass zum Überlaufen brachte war, dass die Wirtsleute keinerlei Verständnis für das Brauchtum zeigten. Der neue

Wirt weigerte sich, in den örtlichen Schützenverein einzutreten, obwohl man ihm das nahegelegt hatte.

Mit den Mitgliedern des Schlesiervereins, die im Nebenzimmer tagte und für ihre größeren Feiern den Saal mieteten kamen die Wirtsleute auch nicht zurecht. Sie mäkelten herum, dass nicht genug verzehrt würde.

„Die blockieren bloß die Räumlichkeiten und bestellen nichts. Für das eine Bier, was die trinken, lohnt sich das ganze Reinemachen hinterher nicht", merkte Ilse an. Die Schlesier zogen ein Häuschen weiter, Gaststätten gab es genug im Dorf. So war die Situation bereits nach ein paar Monaten kritisch.

Tatsächlich war Adolf der beste Gast. Er stand morgens auf, ließ sich von Tante Käthe das Frühstück servieren und wartete darauf, dass diese mit der Säuberung des Schankraums begann. Gerne gesellte er sich dann zu ihr und ließ sich den ersten Korn des Tages einschenken. Natürlich bezahlte er sie dafür, schließlich brauchten seine Tochter, oder, Gott bewahre, der Schwiegersohn nichts davon zu wissen. Käthe hielt tüchtig mit. Was für ein Satansweib! Die soff doch glatt jeden Mann unter den Tisch.

Wenn Ilse und Kalle aus dem Bett kamen, war die Wirtschaft blitzblank und Adolf zum ersten Mal am Tag sternhagelvoll. Er zog sich rechtzeitig zu einem kleinen Schläfchen zurück und so merkten Tochter und Schwiegersohn nichts. Nach dem Mittagessen setzte er sich offiziell an den Stammtisch und orderte: „Ein Korn und ein Bier."

***

„Wir werden Tanzveranstaltungen aufziehen, aber nicht so ein Schmalzkram, wie es Gerhard Wendland singt. Wir werden Musik für die Jugend bringen." Kalle war nie um Einfälle verlegen.

„Gut und schön, aber erst einmal müssen wir die Sickergrube für die Toiletten im Saal entleeren lassen, sonst geht gar nichts." Ilse dachte praktisch. „Das wird teuer, denn die Grube ist randvoll. Und was machen wir mit den Mäusen, die in Massen im Saal sind?"

Kalle ließ sich in seinem Enthusiasmus nicht stoppen. „Für die Sickergrube kenn ich da jemanden, der macht das gut und günstig."

Kalle kannte immer jemanden, der Arbeiten nicht gut aber günstig erledigte, was in diesem Fall allerdings ausreichte. Es stank zwar immer noch in den Saaltoiletten, aber die Grube war leerer als zuvor, die Toiletten benutzbar. Das Mäuseproblem löste er, indem er ins Tierheim fuhr und einen Kater adoptierte. Das Tier räumte in kurzer Zeit den Saal von jeglichem Mäusevolk. Zudem hielt es die Ratten und Mäuseplage in den Kellerkatakomben in Grenzen. Der Kater war ein echter Kämpe und trug etliche Narben als Zeichen seiner zahlreichen Scharmützel. Wenn es an der Zeit und die Katzendamen rollig waren, so stolzierte er mit hoch erhobenem Schwanz in Richtung Westerholter Schloss, wo sich etliche Kätzinnen aufhielten. Meist ließ er sich eine Woche nicht blicken, tauchte irgendwann völlig erschöpft und zerbissen, aber glücklich wieder auf.

Nachdem Kalle diese Stolpersteine aus dem Weg geräumt hatte, konnte es mit dem Beat-Tanz losgehen: Er engagierte eine Band. Jungen aus der Umgebung, die froh waren, einmal auf einer Bühne stehen zu dürfen. Dann ließ er Plakate und Handzettel drucken, lud Elisa ins Auto und verteile mit ihr die Handzettel in der Fußgängerzone. Auf dem Rückweg hielt er hier und dort an und klebte Plakate an Zäune und Hauswände. Elisa hielt das für einen Riesenspaß, denn sie durfte Schmiere stehen und aufpassen, dass niemand vorbei kam, solange Papa Plakate klebte.

Am fraglichen Samstag war die Gaststätte rappelvoll. Die Veranstaltung fing um 20 Uhr an, es gab keinen freien Platz mehr, weder im Saal noch in der Gaststätte. Obwohl Kalle keine Ahnung von der neuen ‚Beat-Musik' hatte und die Band engagierte, ohne vorher nur ein einziges Musikstück von ihr gehört zu haben, erwiesen sich die Jungen als richtig gut und begeisterten ihr Publikum.

„Siehst du, Ilsekind", strahlend drückte er seine Frau an sich. „Ich habe wieder einmal den richtigen Riecher gehabt. Jetzt geht es endgültig bergauf mit uns."

Tatsächlich erwiesen sich die Tanzveranstaltungen am Samstag als Selbstläufer. Alle paar Wochen wechselte man die Band, konnte sich vor Anfragen kaum retten. Sicherlich waren es keine bekannten Musiker, die auftraten und nicht einer hat es in die Charts geschafft, doch für die Tanzveranstaltungen im Dorf reichte es allemal. Als Alternative bot sich dem Jungvolk lediglich das Kolpinghaus mit seinem katholischen Tanztee an.

Mit der Zeit veränderte sich allerdings etwas, denn es waren irgendwann fast immer dieselben Gesichter, die man am Samstag begrüßte. Eine Clique von jungen Leuten, die sich im Lokal trafen. Der harte Kern dieser Leute war trinkfest und fackelte nicht lange. Es konnte durchaus vorkommen, dass ,eine Rutsche Bier und Schnaps für alle' bestellt wurde, man anschließend auf Ex trank und die Gläser an die Saalwände warf. Beschwerte sich ein anderer Gast darüber, so wurde ihm angeboten ,mit vor die Tür' zu kommen. Kalle und Ilse tolerierten dieses Verhalten, wurde doch nach der Zerstörung alles doppelt bezahlt. So manche Nacht endete damit, dass Kalle vor statt hinter dem Tresen saß und mit den ganz Harten um die Wette zechte.

Auch die Fremdenzimmer wurden vermietet, es fanden sich immer wieder Monteure, die eine günstige Unterkunft suchten. Auch hier erwies sich Tante Käthe als Goldstück, sie bereitete und servierte das Frühstück für diese Gäste. Der Rubel rollte und die Zukunft schien gesichert.

Natürlich blieb das samstägliche Spektakel im Dorf nicht ohne Folgen. Sowieso argwöhnisch beäugt wurden die andersartigen Wirtsleute jetzt aufs Korn genommen. Der Priester wetterte von der Kanzel ob der Verführung der Jugend zu Verkommenheit, Alkoholismus, Gehörproblemen und Schlimmerem. Kein Poahlbürger, der auf sich hielt betrat die Gaststätte. Die unmittelbaren Nachbarn beschwerten sich vehement wegen der Lärmbelästigung durch die ‚Negermusik'. Kalle reagierte auf die ihm eigene Art: Er vernagelte die Saalfenster von außen mit Spanplatten, was dem sowieso ziemlich heruntergekommenen Bau eine ganz eigene Note verlieh.

„So, jetzt können die Nachbarn zufrieden sein, die Fenster sind schallgedämmt", war sein Kommentar.

***

„Was hast du da oben so lange gemacht? Und jetzt erzähle mir bloß nicht, dass du eine halbe Stunde lang den Kanonenofen von dem jungen Kerl bewundert hast. Pah – Kanonenofen, dass ich nicht lache!" Kalle entdeckte eine Seite an seiner Frau, die bis dato im Verborgenen geschlummert hatte. Ilse tändelte im alkoholisierten Zustand gerne mit diesem oder jenem

Mann herum. Sie flirtete auf Teufel komm raus, was sicherlich gut für das Geschäft, aber schlecht für Kalles Seelenfrieden war. Er, der seine Frau nach Strich und Faden betrog, war eifersüchtig und das nicht zu knapp. Er konnte es nicht ertragen, wenn sie mit den Wimpern klimperte, mit wildfremden Männern lachte und Spaß hatte. Wenn es dann auch noch zu Berührungen kam, so glaubte er, verrückt zu werden.

Seit kurzer Zeit wohnte in der Mansarde ein junger Mann, der ihr gut zu gefallen schien. Wann immer er sich blicken ließ, scharwenzelte sie um ihn herum. Gestern war dieser Mensch bis spät in die Nacht im Schankraum gewesen, hatte mit Ilse getrunken und sich blendend mit ihr unterhalten. Kalle hatte sich das Schauspiel scheinbar gelassen angeschaut, aber in ihm brodelte es.

Vorhin hatte ihm Tante Käthe gesteckt, dass seine Ilse sich längere Zeit mit dem Menschen in dessen Zimmer aufgehalten hatte. Nun wollte das untreue Weib ihm erzählen, es wäre nur gucken gegangen, weil der Kerl einen neuen Ofen im Zimmer hatte und ihr diesen gerne zeigen wollte.

„Was denkst du denn, du Spinner, was ich da gemacht habe? Du hast es nötig mir einen Seitensprung zu unterstellen, dafür bis du zuständig", kreischte Ilse empört. „Wer weiß, mit wem du schon ins Bett gestiegen bist. Und mit der alten Hexe werde ich ein Wörtchen reden.

Sie soll er als Haushälterin arbeiten und nicht herumspionieren."

„Die kannst du aus dem Spiel lassen. Gut, dass sie mich aufmerksam gemacht hat. Wer weiß, wie lange du schon seinen Ofen anguckst. Von mir willst du nichts wissen, lässt mich überhaupt nicht mehr ran. Jetzt weiß ich auch warum. Hoffentlich hat er es dir richtig besorgt, ich scheine dir ja nicht zu genügen."

„Ja, wer weiß, du gibst dir jedenfalls keine Mühe", jetzt war Ilse alles egal, sie wollte Kalle verletzen, so wie er ihr wehtat. „Vielleicht bist du einfach eine Niete und jeder andere kann es besser …"

Die Auseinandersetzung entwickelte sich zu einem handfesten, ziemlich schmutzigen Streit. Dabei war alles für Peters Konfirmation hergerichtet, die Verwandten und Bekannten eingeladen worden. Sogar Minna, Kalles Stiefmutter, hatte ihr Kommen angekündigt. Sie hatte sie nie sonderlich um den ungeliebten Stiefsohn und seine Familie gekümmert, nach dem Tod von Kalles Vater noch weniger als zuvor. Auch die Schwägerin Betty, seit Gustavs Tod eine lustige Witwe im wahrsten Sinne des Wortes wollte sich dieses Fest nicht entgehen lassen.

Peters Konfirmation sollte ein unvergesslicher Tag für alle Beteiligten werden.

***

Ilse und Kalle waren auseinandergegangen, ohne sich versöhnt zu haben, wie so oft in der letzten Zeit. Man sprach nur noch das Notwendigste miteinander und ging sich so gut es möglich war aus dem Weg.

Am Tage der Konfirmation versuchten beide den Schein zu wahren, was vorerst auch gelang. Die Gaststätte war für den Tag geschlossen worden. Man ging zur Kirche, setzte sich dann zum Mittagessen an die Tafel und plauderte nett. Karl schenkte das erste Bier aus. Nach dem Verdauungsspaziergang und dem Kaffeetrinken mit einem Schnäpschen dazu kam die Feier in Schwung. Karl schenkte weiter aus und ließ den Konfirmanden hoch leben. Auch Ilse trank das eine oder andere Glas auf das Wohl ihres Kindes.

Betty hatte den Tod Gustavs erstaunlich schnell verkraftet. Sie ließ ihm einen Stein mit der Inschrift ‚Die Liebe höret nimmer auf' auf das Grab setzten und grub nun alles an, was Hosen trug. Heute merkte sie schnell, dass etwas zwischen den Eheleuten Jollenbeck ganz und gar nicht stimmte. Sie gedachte die Gelegenheit zu nutzen. Kalle, der wie man wusste, dem weiblichen Geschlecht sehr zugetan war, hatte bisher auf keines ihrer mehr oder weniger eindeutigen Angebote reagiert. Heute allerdings nahm er sie mehr als einmal in den Arm und schien auch sonst nicht abgeneigt zu sein. Also rückte Betty mit jedem Glas ein wenig näher an ihn heran. Sie bemerkte in ihrem Eifer gar nicht, dass der plötzlich das Interesse an ihr verlor und seine Frau fixierte.

Ilse hatte sich das Geturtel der beiden lange genug angeschaut. Was dachte sich dieser Mann? Er verdächtigte sie grundlos, unterstellte ihr einen Seitensprung, machte sich dann auf eine so schamlose Art an ihre Schwägerin heran! Da kam ihr der junge Mieter ganz recht. Er war im Begriff das Haus zu verlassen. Ilse hatte ihn im Flur abgefangen. Der Arglose erklärte sich nur zu gerne bereit, mit ihr auf das Wohl des Konfirmanden anzustoßen. Sie rückte noch ein wenig näher an ihn heran, strich ihm über den Arm. Sollte ihr Ehemann ruhig eifersüchtig sein, das geschah ihm ganz recht. Sie schaute dem netten Mieter tief in die Augen, blinzelte ihm verschwörerisch zu.
Alkohol und unmäßige Eifersucht sind eine explosive Mischung, wie der arme Kerl bald zu spüren bekam, der doch nur mit der netten Wirtin anstoßen und ein wenig flirten wollte. Ganz plötzlich wurde er herumgerissen und zu Boden geworfen. Ehe er wusste wie ihm geschah hatte er den Wirt am Hals und dessen Faust im Gesicht. Kalle, rasend vor Eifersucht, drosch auf den vermeintlichen Nebenbuhler ein, während Ilse kreischte, die Kinder heulten und ganz mutige Gäste versuchten, Kalle von seinem Opfer zu trennen, was nach einigem

hin und her auch gelang. Während einer der Gäste Kalle kräftig schüttelte, damit der zur Besinnung kam, nahm der Mieter schnellstens Reißaus.

Minna, die ihren Stiefsohn noch nie so gesehen hatte, war schockiert. Sie legte ihrer Schwiegertochter mit ungewohnter Fürsorglichkeit den Arm um die Schulter. „Ilse, möchtest du mit den Kindern ein paar Tage bei mir wohnen? Wenigstens bis sich die Gemüter beruhigt haben und dein Mann zur Besinnung gekommen ist? Ich bleibe so lange hier und versuche vernünftig mit ihm zu reden."

Peter, der seine kleine Schwester schützend in den Arm genommen hatte, wagte einen Einwand. „Ich will aber nicht mit zu Oma. Was soll ich dort anfangen? Übrigens müssen wir in die Schule. Papa ist ja nur betrunken, wie immer. Spätestens morgen hat er sich wieder eingekriegt."

„Du verdammter Bengel, dir werde ich's zeigen so über deinen Vater zu sprechen!" Kalle versuchte sich auf das Kind zu stürzen, wurde aber von Bettys Sohn Bertram davon abgehalten.

Peter musterte seinen Vater ungewohnt mutig. „Ja, das kannst du, jemanden schlagen, der sich nicht wehren kann."

„Jetzt ist es aber genug", Minna wurde resolut. „Ilse, du packst jetzt ein paar Sachen zusammen. Bertram und seine Freundin fahren dich zu mir, hier ist mein Schlüssel. Wenn der Junge lieber hier bleiben will, so soll er das tun. Elisa jedenfalls nimmst du mit. Und du dämlicher Affe", diese Worte richtete sie an ihren Stiefsohn, „du wirst jetzt ins Bett gehen und deinen Rausch ausschlafen."

Kalle klappte den Mund auf, um zu protestieren, doch Minna schob ihn zur Tür. Gehorsam trabte er in Richtung Schlafzimmer. Die Gesellschaft löste sich auf, Bertram und seine Ulla fuhren Ilse und Elisa zur schwiegermütterlichen Wohnung. Einzig Adolf saß immer noch auf seinem Stuhl und bemühte sich, die letzten Schnapsreste zu vernichten.

„Nun zu dir, mein Lieber!"

Adolf zuckte zusammen, denn Minna hatte die Hände in die Hüften gestemmt und stand wie aus dem Nichts plötzlich vor ihm. „Was würdest du von einem gepflegten Bier und einem schönen Doppelkorn halten? Ich wollte immer schon mal eine Wirtin spielen!"

***

„Elisa machst du mal auf? Es hat geklingelt", Ilse war gerade mit einem Liebesroman beschäftigt und wollte sich nicht stören lassen.

Elisa öffnete die Tür. „Papa", japste sie. Kalle trat verlegen von einem Bein auf das andere. „Ist die Mama da?"

„Du hast mir gerade noch gefehlt! Was willst du?", funkelte Ilse ihren Mann böse an.

„Ich möchte mich entschuldigen, aber bitte lass mich in die Wohnung. Wir gehen ins

Wohnzimmer und reden vernünftig miteinander", mit diesen Worten nahm Kalle seine Frau an den Arm, führte sie in das Wohnzimmer und schloss die Tür.

Elisa presste das Ohr dicht an die Tür. Nach einigen Minuten seufzte sie erleichtert auf, denn die Eltern schrien sich nicht an, sondern unterhielten sich leise. Nach einer Weile kamen sie Arm in Arm aus dem Zimmer.

Ilse packt, man fuhr gemeinschaftlich zurück nach Westerholt, wo eine erstaunlich aufgekratzte Minna zusammen mit Adolf in der Küche saß. „Ich habe deinem Vater schon mal was zu essen gemacht", strahlte sie. „Das kann ich besser als eure Haushaltshilfe. Wenn ihr mal wegfahren wollt, so komme ich gerne und achte ein wenig auf den lieben Adolf." Sie tätschelte Elisas Großvater den Arm, was der sich mit einem undefinierbaren Brummeln gefallen ließ.

Der junge Mann war fluchtartig ausgezogen und das Zimmer zwischenzeitlich an eine Dame vermietet worden. Sie zog mit ihrer kleinen Tochter ein, war sympathisch, nett und immer gepflegt. Sie ging keiner geregelten Arbeit nach, erwähnte aber bei jeder Gelegenheit, dass sie vom Vater ihres Kindes großzügig unterstützt würde, obwohl dieser verheiratet wäre. Der Kindsvater lief tatsächlich öfter bei ihr auf, man feierte die eine oder andere rauschende Fete. Manchmal oben im Zimmer, öfter allerdings in der Gaststätte, wo er Lokalrunden ausgab und auch sonst sehr großzügig erschien. Immer wieder wurde die junge Frau von den unterschiedlichsten Herren besucht, die niemals lange blieben, aber bei ihrem Weggang äußerst zufrieden wirkten. Diese Merkwürdigkeit blieb zunächst unbemerkt, denn die Herren bemühten sich um äußerste Diskretion, kamen und gingen möglichst unauffällig durch die Hintertür. Bald allerdings führten Kalle und Ilse ein interessantes Gespräch mit einem Gast.

„Ihr habt da eine Frau im Haus wohnen …", begann der gelernter Fernsehtechniker, zögernd.

„Ja, eine nette Person, sie zahlt pünktlich die Miete, ist sauber und adrett. Übrigens sieht sie sehr gut aus." Kalle war ganz begeistert von der neuen Hausbewohnerin, was ihm einen missbilligenden Blick seiner Frau einbrachte.

„Und, übt sie denn immer noch ihren Beruf aus? Es wundert mich, dass ihr es so toleriert. Das hätte ich nicht gedacht."

„Ach, du kennst sie?"

„Ja, hab´ ihr Mal den Apparat repariert und so …", jetzt wurde der Gast ziemlich rot.

„Ich glaube sie wird von dem Vater ihres Kindes unterstützt. Schön, wenn Männer sich an ihre Pflichten erinnern, nicht nur an den Spaß. Er ist schon ein toller Mann." Ilse war Feuer und Flamme für den pflichtbewussten Kindsvater, was Kalle gar nicht passte.

„Der Kerl gefällt dir wohl, was", giftete er. Ilse zuckte mit den Schultern. „Ja und, du findest die neue Mieterin ja auch ganz toll", sie stockte und musterte den Gast misstrauisch. „Sag mal, warum grinst du so?"

Wirklich grinste der Mechaniker anzüglich. „Ich glaube ihr wisst wirklich nicht Bescheid, was? Diese nette Person übt das älteste Gewerbe der Welt aus. Ich habe ihr den Fernseher repariert und durfte dafür an den Knöpfen spielen! Hölle, das hat sich wirklich gelohnt." Der junge Mann bekam glänzende Augen. Jetzt war es an Ilse zu erröten, während Kalle ihn interessiert musterte.

„Es sollte mich wundern, wenn ihr Freund wirklich der Vater der Kleinen ist, der sahnt nämlich ganz schön bei ihr ab, dafür beschützt er sie ja auch."

Da taten sich Abgründe auf, Ilse war entsetzt. „Das kann ich gar nicht glauben. Es ist doch so ein netter Mann. Ich werde mir das einmal genauer ansehen."

In der Folgezeit widmete Ilse ihre Aufmerksamkeit der netten Mieterin und ihren Besuchern, während sie gleichzeitig darauf bedacht war, ihren Mann nicht aus den Augen zu lassen. Wie sich herausstellte, hatte der Mechaniker nicht übertrieben, die Frau war tatsächlich ein leichtes Mädchen und Ilse legte ihr nahe, sich eine andere Bleibe zu suchen.

Ein anderer Mieter war schnell gefunden. Ein Mann mittleren Alters, der einen leichten Buckel hatte und ziemlich unattraktiv wirkte.

***

Bald darauf gab es ein weiteres Fest zu feiern: Ulla und Bertram hatten beschlossen zu heiraten. Das wurde höchste Zeit, denn Ulla war bereits im achten Monat schwanger, was allerdings bei ihrer Leibesfülle kaum auffiel.

Berti war vor einiger Zeit überraschend in Westerholt aufgekreuzt und hatte sein Leid geklagt. „Mensch, Kalle, ich habe immer aufgepasst, aber irgendwie ist sie doch schwanger geworden. Ich habe so lange gewartet, wie es ging, aber jetzt muss ich sie heiraten. Ich wollte mal allein mit dir reden und deshalb bin ich nach der Schicht hinten übern Zaun und dann mit dem Bus weiter."

Berti hatte kein eigenes Auto, wohingegen Ulla einen Opel Kadett fuhr, der an der Fahrerseite mächtig durchhing. Sie weigerte sich, ihrem Verlobten das Auto zu leihen, dafür fuhr sie ihn am Morgen zur Arbeit und stand passend zum Feierabend vor dem Werkstor um ihn abzuholen. Wenn Bertram nun einen Durst verspürte, dann kletterte er an der Rückseite des Firmengeländes über den Zaun, so wie auch heute. Das unweigerlich folgende Donnerwetter nahm er mit stoischer Ruhe in Kauf. Kalle schlug ihm auf die Schulter: „Weißt du was, mein Junge, wir feiern heute deinen

Junggesellenabschied und die Zeche geht auf mich."

Es wurde ein toller Junggesellenabschied, Bertram wurde gebührend gefeiert und bedauert. Zu fortgeschrittener Stunde ging es in eine Stripteasebar. Bertram, der noch nie ein Etablissement dieser Art besucht hatte, saß mit aufgerissenen Augen und offenem Mund direkt unter der Bühne. Er stellte für sich fest, dass dieser Junggesellenabschied den Brummschädel und die Gardinenpredigt, welche am nächsten Tag auf ihn warteten, wert war.

Heute war der große Tag; gefeiert wurde in Westerholt, die Trauung allerdings fand in Gelsenkirchen statt, im kleinen Kreis. Kalle, als Trauzeuge, holte das Hochzeitspaar zu Hause ab. Vorher nahm er den Bräutigam beiseite: „Dein Vater wäre stolz auf dich, mein Junge. Er hatte sich so sehr gewünscht, dass du eine Familie gründest."

Bertram seufzte: „Ja das weiß ich, wenn die Braut bloß nicht immer das Sagen hätte. Sie ist eine nette Frau, aber sie hat Haare auf den Zähnen." Kalle zuckte mitleidslos die Schultern, denn damit hatte er in seiner Ehe öfter zu kämpfen. Ulla sagte wenigstens, was sie meinte, Ilse bekam meistens ihre Herzschmerzen. Im Standesamt angekommen übernahm Ulla das Kommando: „Schatz, hol doch schon mal die Ringe raus, dann musst du nachher nicht herumkramen."

„Wieso ich, die Ringe hast du doch genommen!"

Die sonst so resolute Ulla brach in Tränen aus. „Keine Ringe! Was machen wir jetzt? Du willst mich wohl nicht heiraten! Und das, wo ich sooo schwanger bin!"

Kalle nahm sie in den Arm. „Reg dich nicht auf, in deinem Zustand ist das gar nicht gut. Wo habt ihr die Ringe denn nun gelassen?"

Es stellte sich heraus, dass die Ringe zu Hause auf dem Küchentisch lagen und so fuhr Kalle im Eiltempo zurück, um sie zu holen. Die Trauung und die anschließende Feier verliefen ohne weitere Katastrophen, was sicherlich auch daran lag, dass sich Betty zurückhielt. Nach einem Blick auf Ilse, die sie giftig musterte, beschloss Betty auf einen günstigeren Zeitpunkt zu warten, um in Sachen Kalle Jollenbeck zum Ziel zu kommen.

***

Im Sommer ging es wieder in die Schweiz. Dieses Mal mieteten die Jollenbecks ein kleines Ferienhaus. Man konnte es sich leisten, die Gaststätte lief nach wie vor gut. Wieder hatte Elisa die Eltern für sich allein, denn Peter, der sich mehr und mehr zurückzog, wollte mit einem Freund zum Zelten fahren.

Da Minna anderweitig beschäftig war, wurden die Chudzinskis damit beauftragt in der Zwischenzeit auf Haus, Hof und Adolf zu achten. Der Urlaub war alles in allem harmonisch,

denn die Eltern tranken wenig Alkohol, bemühten sich um ein vernünftiges Miteinander.
Elisa kaufte in diesem Urlaub ihre erste ‚Bravo' und fand die Zeitschrift herrlich aufregend.
Sie trug die Ausgabe ständig mit sich herum
und kam sich richtig erwachsen damit vor.

***

„Peter, du lügst, wie kannst du deinen Eltern
solche Märchen über uns erzählen!" Tante
Käthe stand entrüstet in der Küche, die Arme
in den Hüften. Peter war schon nach ein paar
Tagen wieder nach Hause gekommen. Der
Urlaub mit dem Zelt war buchstäblich ins
Wasser gefallen, es regnete Bindfäden.
Er fand eine lustige Gesellschaft vor. Die
Chudzinskis hatte nämlich den Schankbetrieb
durch die Hintertür aufrechterhalten. Die Wirtschaft war zwar offiziell wegen Betriebsferien
geschlossen, aber der ‚harte Kern' traf sich
jeden Nachmittag im Schankraum. Die
Chudzinskis schenkten alles zum halben Preis
aus. Zudem bestellten sie fleißig Getränke
nach, natürlich auf Rechnung. Den Gewinn
strichen sie ein und gedachten bei der Rück-
kehr der Familie Jollenbeck schon längst über
allen Bergen zu sein. Irgendwie hatten die
beiden sich in der Zeit geirrt, jedenfalls waren
sie noch da, als Kalle mit seiner Familie heim-
kehrte. Peter überfiel seine Eltern schon in der
Eingangstür mit wahnwitzigen Geschichten
über Trinkgelage und Komasaufen. Hier half

nur Improvisation, darauf verstand Tante Käthe sich. Sie versicherte glaubwürdig, dass sie Peter beim Schnapsdiebstahl erwischt habe und er nun versuche von sich abzulenken. Adolf konnte zu den Geschehnissen nichts sagen, hatte er doch die letzten Wochen komplett im Koma verbracht und wollte möglichst aus der Schusslinie bleiben. Kalle und Ilse glaubten der integeren Tante Käthe aufs Wort. Peter bekam eine gewaltige Abreibung von seinem Vater.

Am nächsten Nachmittag wurde der normale Schankbetrieb wieder aufgenommen. Man wollte schnellstens die durch den Urlaub leer gewordene Familienkasse auffüllen. Bereits der erste Gast äußerte sich verwundert über die Aktivitäten, die in Abwesenheit der Wirtsleute gelaufen waren: „Was war das für ein Remmidemmi hier, obwohl die Kneipentür abgeschlossen war. Die müssen drinnen getrunken haben wie die Ketzer, jedenfalls klang das so. Das ganze Dorf redet über euch."

Karl und Ilse fielen aus allen Wolken, denn auch die nächsten Gäste bestätigten die Aussage. Kalle machte sich auf die Suche nach den Chudzinskis, die wie vom Erdboden verschluckt schienen.

„Suchst du Tante Käthe?", fragte Elisa ihn. „Die ist mit ganz vielen Koffern weg. Eine Geldkassette hatte sie auch dabei. Ich glaube Onkel Chudzinski ist schon vorgegangen und die wollten sich wo treffen."

Das war richtig. Da es nur eine Frage der Zeit sein konnte, bis die naiven Jollenbecks die Wahrheit erfuhren, hatte das Ehepaar Chudzinski das Nötigste eingepackt und war mit den Einnahmen auf nimmer wiedersehen verschwunden. Das Ausmaß des angerichteten Schadens wurde erst deutlich, als so nach und nach die Rechnungen für die von den Chudzinskis georderten Getränken kamen.

Von nun an verzichtet man auf eine Haushälterin. Kalle putzte den Tresen selbst, kümmerte sich um die Außenanlagen und die Kellerräume. Da Ilse wegen ihres schwachen Herzens körperlich nicht schwer arbeiten konnte, übertrug man einen Teil der anfallenden Arbeit auf die Kinder. Peter wurde angewiesen, jeden Tag die Holzbohlen in der Gastwirtschaft mithilfe einer Bohnermaschine auf Hochglanz zu bringen, was er mit Murren erledigt. Elisa säuberte die Wirtshaustoiletten und half ihrer Mutter bei allen anfallenden Putzarbeiten. Wenn die Fremdenzimmer vermietet waren, so servierte sie den Gästen das Frühstück, da Ilse morgens noch nicht einsatzfähig war. Anschließend ging sie zur Schule. Gab es morgens keine Gäste zu versorgen, so kochte Elisa Kaffee für die Mutter und einen Tee für sich. Sie brachte Ilse den Kaffee ans Bett und blieb noch ein wenig auf der Bettkante sitzen, um die Mutter einen Augenblick für sich allein zu haben.

„Hey, willst du wissen was du zu Weihnachten kriegst?" Peter schlenderte lässig auf seine kleine Schwester zu, die Hände in den Hosentaschen.

„Das weißt du ja gar nicht", Elisa war zwar neugierig, mochte dem großen Bruder aber nicht glauben und witterte einen Witz auf ihre Kosten, wie so oft. Sie beschäftigte sich weiter mit ihren Puppen, nicht ohne Peter ab und zu einen misstrauischen Blick zuzuwerfen. „Komm mit, dann zeige ich dir was", Peter winkte mit dem Kopf in Richtung Badezimmer. Doch hier wurde nie gebadet, denn der Raum ähnelte eher einer Rumpelkammer. Zwar gab es eine Badewanne und auch ein Waschbecken, aber rund herum stand ein unglaublicher Krempel. Neben der Waschmaschine, der Wäscheschleuder und dem Mangelautomaten stapelten sich alte Kartons mit dubiosem Inhalt: zerbrochenes Mobiliar, ausgelesene Liebesromane, Putzlumpen, angeschlagenes Geschirr, ramponierte Wäschekörbe. Die Sachen waren teilweise schon von den Vorpächtern hier abgestellt und nie entfernt worden. Die Eltern hatten ihren Kram noch dazu gestellt, sodass der Raum bis zur Decke voll gestellt war. Ganz hinten in der Ecke befand sich noch eine Tür, auf die Peter jetzt zusteuerte.

„Daaa?", fragte Elisa gedehnt. „Da möchte ich nicht gerne rein gehen, denn ich glaube in der

Kammer sind lauter fiese Mörderspinnen!" Sie hatte seit der Geschichte mit der giftigen Schnake eine Spinnenphobie. Peter gab sich heute großzügig: „Wenn da eine Spinne drin ist, dann schlage ich sie tot!" Sprach's und nahm eine alte Zeitschrift von einem der Stapel. „Ich gehe vor und du kommst nach, dann kann nix passieren!" Er öffnete die Tür und trat ein. Elisa zögerte. Sie hatte vor längerer Zeit einmal in die Abstellkammer geschaut, doch die Tür ganz schnell wieder geschlossen, denn sie glaubte eine Bewegung gesehen zu haben. In ihrer Fantasie lauerte dort ein Monster, das sicherlich nicht gut auf sie zu sprechen war. Andererseits; Peter war ja jetzt dabei und der würde schon mit dem Monster fertig werden. Und wenn sich dort wirklich die Weihnachtsgeschenke befanden? Nicht auszudenken, dass Peter sie sich alleine anschaute. Vorsichtig reckte sie den Hals, um einen Blick in die Kammer des Schreckens zu erhaschen.

„Was ist, wenn Papa oder Mama zufällig hier oben hinkommen?"

Peter grinste um die Ecke. „Du hältst mich wohl für dämlich, was. Die haben unten in der Kneipe alle Hände voll zu tun. Papa zapft und Mama macht Würstchen warm. Im Saal ist doch heute eine Nikolausfeier."

„Meinst du wirklich?", Elisa konnte nicht widerstehen und folgte ihrem Bruder in die kleine Abstellkammer. „Oh", japste sie atemlos, denn hier befanden sich tatsächlich die

Weihnachtsgeschenke der Kinder. Neben einigen Büchern stand ein rosa Puppenbett mit einer Babypuppe darin.

„Oh, ist die aber süß! Und ganz rosa!" Ehrfürchtig nahm Elisa das Püppchen auf den Arm. „Ich glaube, die kann sogar Pipi machen."

„Nun lass den Krempel mal", Peter war eher an der Carrerabahn interessiert, die neben dem Puppenbett stand. „Sollen wir die Bahn aufstellen? Nachher funktioniert sie gar nicht und wir ärgern uns zu Weihnachten."

Mit einem Seufzer legte Elisa die Puppe zurück in ihr Bett. Jungen! Die hatten wirklich keine Ahnung. „Ja gut, erst stellen wir die Bahn auf und dann spielen wir Vater, Mutter, Kind."

Peter schien von diesem Vorschlag nicht angetan zu sein, denn er winkte ab. „Ne, lass mal. Für solche kindischen Spiele bin ich zu alt. Wenn du nicht willst, dann baue ich die Rennbahn eben selber auf. Petzen kannst du nicht, schließlich hast du die Puppe schon angefasst." Das erschien Elisa durchaus logisch. „Ist ja gut. Aber ich darf auch mal fahren!"

So bauten die Geschwister in seltener Eintracht die Carrerabahn auf und lieferten sich ein heißes Rennen.

„Jetzt müssen wir aber einpacken, nachher merken sie doch noch was." Peter schlüpfte wieder in die Rollen des großen Bruders und achtete beim verpacken der Bahn peinlich genau darauf, dass alles auf den richtigen Platz kam. Nachdem Elisa die neue Puppe noch einmal an ihr Herz gedrückt hatte, verließen die Geschwister die gar nicht mehr so schreckliche Kammer.

„Weißt du was, das machen wir bald noch mal", Peter grinste seine Schwester unternehmungslustig an und schlenderte pfeifend in Richtung Gastwirtschaft.

Bis Weihnachten probierten die beiden die Carrerabahn noch einige Male aus. „Sicher ist sicher", sagte Peter. „Nachher ist doch etwas kaputt. Wir müssen alles testen." Elisa konnte ihm nur beipflichten. Ärgerlich war nur, dass sich der Bruder standhaft weigerte, mit ihr und dem Puppenbaby zu spielen.

Endlich war der lang ersehnte Heilige Abend angebrochen. Der Gaststättenbetrieb ruhte heute und die Eltern hatten Zeit für ihre Kinder. Wie üblich war das Wohnzimmer schon seit dem frühen Nachmittag abgeschlossen. Ilse werkelte geheimnisvoll darin herum, während Kalle mit den Kindern in der Küche saß. Er achtete darauf, dass keiner der beiden durch das Schlüsselloch lugte. „Ich bin ganz gespannt, was das Christkind euch nachher bringt", lächelte er. Elisa grinste schelmisch zurück. „Ich weiß ... aua!" Sie wurde von ihrem Bruder unterbrochen, der ihr unter dem Tisch kräftig gegen das Schienenbein trat. „Ich weiß genau, dass das Christkind mir etwas ganz Schönes bringt." Sie funkelte Peter böse an und rieb sich das Bein. Kalle schien nichts mitbekommen zu haben, denn er fuhr seiner Tochter über das Haar. „Wo du auch immer lieb warst, Spatz. Moment, ich muss ins Wohnzimmer. Ihr bleibt schön hier in der Küche. " Ilse stand in der Zimmertür und winkte Kalle aufgeregt zu sich. Wenig später verließ der Vater das Zimmer, um kurze Zeit später mit einem Eimer im Wohnzimmer zu verschwinden.

Nach dem Abendessen war es dann wirklich so weit. Dieses Mal hatten sich beide Eltern im Wohnzimmer eingeschlossen.

„Was die für ein Theater machen", brummte Peter. „Christkind, pah", er schnaubte durch die Nase. „Wer glaubt denn noch an sowas." Ehe Elisa ihm antworten konnte, gingen die Türflügel zum Wohnzimmer auf, eine strahlende Ilse winkte die Kinder ins Zimmer. „Das Christkind war da. Ich hab's gerade zum Fenster hinausgelassen, schließlich muss es auch noch andere Kinder beschenken." Kalle nickte bekräftigend mit dem Kopf. Zögernd traten die Kinder ein und Elisa schluckte. Sie konnte sich gar nicht richtig freuen, denn unter dem Christbaum lagen ja all die Geschenke, mit denen sie schon seit Wochen gespielt hatte. Sie nahm die Babypuppe aus dem Bettchen. „Das ist eine schöne Puppe", sagte sie lahm. Auch Peter nahm gelangweilt den Deckel der Carrerabahn ab und musterte den Inhalt. Die

Eltern sahen sich verblüfft an, Ilse befühlte Elisas Stirn. „Ich glaube das Kind hat Temperatur. Wahrscheinlich hat es sich erkältet." An ihre Tochter gewandt fuhr sie fort: „Du hast sicher wieder deinen Schal verbummelt, was. Wenn ich nicht auf alles aufpasse." Ehe Elisa es sich versah, lag sie im Bett und hatte ein Fieberthermometer im Mund. „Ich bin nicht krank …", nuschelte sie, doch Ilse ließ sich nicht beirren. „Nicht reden, jetzt wird Fieber gemessen. Die Weihnachtstage wirst du wohl im Bett verbringen. Ich sage es ja immer, dieses Kind macht nur Probleme."

Doch auch ohne Kinder, die scheinbar Probleme machten, war das Weihnachtsfest bei den Jollenbecks meist alles andere als harmonisch. Schuld daran waren in jedem Jahr Kalle und der Weihnachtsbaum. In diesem Jahr hatte es sogar einen verschärften Tannenbaumalarm gegeben.
Die Querelen fingen bereits 14 Tage vor Weihnachten an, denn dann stellte Ilse fest, das ein Weihnachtsbaum benötigt wurde.
„Wir brauchen einen Tannenbaum."
„Ja, Liebes, ich kümmere mich darum", war Kalles routinierte Antwort.
Eine Woche vor Weihnachten hatte man immer noch keinen Tannenbaum, Ilse wurde panisch. „Karl Jollenbeck, wenn du nicht sofort einen Weihnachtsbaum besorgst, werde ich

einen kaufen und wenn ich hinterher an einem Herzinfarkt sterbe!"

„Ja, Liebes", Kalle war die Ruhe selbst. „Ich habe mich schon umgeschaut, den richtigen Baum aber noch nicht gefunden. In diesem Jahr sind die Preise wirklich unverschämt hoch!" Auch dieser Satz war in jedem Jahr gleich.

Das Geplänkel dauerte bis zum Vormittag des Heiligen Abends an. Dann allerdings eskalierte die Situation. Ilse brach in Tränen aus und drohte damit, das Weihnachtsfest ausfallen zu lassen, was wiederum die Kinder in helle Aufregung versetzte. Sie heulten mit der Mutter um die Wette. Kein Weihnachten bedeutete schließlich auch keine Geschenke. So viele Tränen ließen Kalle aktiv werden. Er verbrachte den Vormittag damit, alle Verkaufsstände für Tannenbäume in der Umgebung abzuklappern, um das schönste und günstigste Angebot zu ergattern. Zugegeben, die Auswahl war beschränkt, die meisten Bäume schon fast geschmückt, aber er war fest davon überzeugt, jetzt ein Superschnäppchen machen zu können. Tatsächlich gelang es ihm immer einen besonders günstigsten Christbaum zu erwerben, der hatte allerdings mehr Ähnlichkeit mit einer Krüppelkiefer, als mit einer Tanne. Kam er mit dieser Missgeburt nach Hause, so war die Katastrophe schon vorprogrammiert. Ilse brach erneut in Tränen aus und bejammerte ihr Los mit einem solchen Knicker verheiratet zu sein: „Einmal im Jahr möchte ich etwas Schönes haben – und du bringst mir das!"

Jetzt kam Kalles kreative Ader zum Vorschein: Er holte seine Werkzeugkiste, schnitt unten Zweige ab und stutzte sie auf das richtige Format. Anschließend bohrte er Löcher in den Baumstamm und stopfte die gestutzten Zweige hinein, um dem Baum etwas mehr Dichte zu verleihen. Das fertige Werk sah schon besser aus, doch nadelte es nach kurzer Zeit ganz fürchterlich.

So war es in diesem Jahr auch gewesen, Kalle kam mit dem günstigsten und hässlichsten Baum nach Hause, stellte ihn erst einmal im verschlossenen Wohnzimmer ab. Das alles war Ilse gewohnt. Doch in diesem Jahr ließ sich der Christbaumständer nicht finden. Aufgeregt winkte sie ihren Mann ins Wohnzimmer. „Du versaust uns schon wieder das Fest. Erst kommst du heute Vormittag mit diesem komischen Baum an, stellst ihn mir einfach hin und jetzt ist der Ständer auch noch weg. Inzwischen haben alle Läden geschlossen, kannst du mir mal sagen, was wir jetzt machen sollen?" „Keine Panik, Liebes, ich habe alles im Griff." Mit dieser Aussage griff Kalle sich einen Wischeimer und verließ das Haus. Als er wenig später wieder kam, strahlte er: „Man muss sich nur zu helfen wissen, ich habe den Eimer voller Sand gemacht, nebenan ist doch ´ne Baustelle …"

Er versuchte den unglücklichen Tannenbaum in den Eimer mit dem Sand zu stopfen. Das gelang ihm gar nicht, der Baum fiel immer um, weil der Stumpf unten nicht lang genug war. Wieder griff Kalle in seine Werkzeug-, bzw. Trickkiste, stellte den Eimer samt Baum in eine Zimmerecke, rechts und links ein Nagel in die Wand, den Baum angeseilt und - volá – das gute Stück stand wie eine Eins. Allerdings war zum Schmücken ein wenig Fingerspitzengefühl erforderlich, denn bei einseitiger Belastung drohte der Baum umzukippen.

***

1966/67 gab es die Kurzschuljahre, denn die Grund- und Hauptschule wurde eingeführt und somit auch das neunte Schuljahr. Elisa stand ein Schulwechsel bevor, denn es ging darum, die weiterführende Schule zu besuchen.

Ilse hatte ihre Meinung gründlich geändert: „Für das Gymnasium hast du sowieso nicht das Zeug", meinte sie anklagend. „Wo willst du hin, auf die Haupt- oder die Realschule?"

Elisa musste nicht lange nachdenken und entschied sich, wie zwei Drittel ihrer Mitschüler, für die Hauptschule.

„Ja, wenn du meinst ", war Ilses einzige Reaktion. Sie verlor kein Wort mehr über die höhere Schule, denn sie hatte nichts anderes erwartet. Dieses Kind war eine einzige Enttäuschung.

***

1967 bekam man interessante Dauergäste, eine Popgruppe aus England namens ,Gaslight Union'. Roger, Phil, Jim und Peter hatten zu den ,Governors' gehört, die mit Casey Jones unter anderem den Hit ,Don `t Ha Ha' gelandet hatten. Zu der Gruppe gehörte auch Dave Coleman, aber der wohnte in Köln. ,Casey Jones & the Governors' waren ca. fünf Jahre recht erfolgreich, immerhin - der Titel ,Don ′t Ha Ha' wurde über 500 000 Mal verkauft. Dann allerdings kam es zu Differenzen und man trennte sich.

„Kommt doch nach Gelsenkirchen, da ist was los!" rieten ihnen die ,Snappers', mit denen sie in Düsseldorf im Liverpool-Club auftraten. So waren ,die Engländer', wie Kalle und Ilse sie nannten, letztendlich in Westerholt gelandet. Der Saxophonist Phil war zu ihnen gestoßen und so war ,Gaslight Union' komplett. Sie bewohnten zwei Doppelzimmer und hatten trotz der früheren Erfolge ihre liebe Mühe die Miete zu bezahlen.

Von Phil war Elisa fasziniert, denn er besaß eine besondere Gabe: Er hatte einen Stiftzahn. Manchmal, wenn er einen Jux machen wollte, nahm er den Stiftzahn aus dem Mund. Elisa, die etwas Derartiges noch nie gesehen hatte, starrte ihn bei jeder Gelegenheit gespannt an, denn sie hoffte, der Zahn würde von allein herausfallen. Kalle faszinierte, dass Phil noch mehr Bier trinken konnte als er. Oft saß der

‚harte Kern', zu dem die Engländer jetzt auch gehörten, bis spät in die Nacht zusammen und knobelte. Dazu ging der einen Liter Bier fassende Stiefel aus Glas rund. Einer nach dem anderen nahm einen Schluck aus dem Stiefel. Wer den vorletzten Schluck trank, der spendierte den nächsten Stiefel. Phil platzierte sich möglichst direkt hinter Kalle und es gelang ihm fast immer, den Stiefel zu leeren.

„Wirklich, der säuft wie ein Kamel", schimpfte Kalle. „Egal wie voll ich den Stiefel auch lasse, wenn ich dran bin, es gelingt ihm immer das Ding auszutrinken, ich glaube Phil hat einen Schlauch im Schlund eingebaut."

Die Gruppe trat zunächst auch in Jugendheimen auf, man musste sehen, wo man blieb und hielt sich mehr schlecht als recht über Wasser. Als die Bandmitglieder über einen Monat mit der Miete in Verzug gerieten, konfiszierte Kalle die Gitarren. Da die Instrumente einfach im Wohnzimmer in einer Ecke lehnten, spielten Peter und Elisa, wenn sie sich unbeobachtet fühlten, Beatclub und fuchtelten ‚The Who' mäßig mit den Gitarren herum. Es war ein Wunder, dass alles heil blieb. Man einigte sich, ‚Gaslight Union' spielten ihre Schulden ab und die Wirtsleute machten an dem Abend das Geschäft ihres Lebens.

„Die Engländer treten im Fernsehen auf!" Das war eine Sensation. Die Gruppe hatte die Möglichkeit bekommen, im Beatclub aufzutreten und ihren neuen Titel ‚Groovin' zu präsen-

tieren. Man stellte den Fernseher im Schankraum auf, schließlich gehörten die Engländer
fast zur Familie, und fieberte mit. Der Auftritt
lief hervorragend, und die Zuschauer vor dem
Fernsehapparat waren sich einig – das werden
ganz große Stars.

Leider war das nicht besonders realistisch gedacht. Es gab zwar, dank eines neuen Mana-
gers, einige größere Engagements und einen
Plattenvertrag mit der Electrola, aber es sollte
wohl nicht sein. ‚Groovin' verkaufte sich immerhin über 10 000 Mal, was für deutsche
Verhältnisse bestimmt nicht schlecht war, aber
durch zu schwache PR-Arbeit der Plattenfirma
kam es nicht zum erträumten großen Durchbruch, obwohl insgesamt vier Singles veröffentlicht wurden. 1969 trennten sich ‚Gaslight
Union'.

***

Peter hatte von je her ein gespanntes Verhält-
nis zu seinem Vater. So stolz Kalle auf seinen
Erstgeborenen war, so hart konnte er mit dem
Filius umgehen. Elisa gegenüber war er lieb,
fürsorglich und verständnisvoll, überließ es
seiner Frau, das Kind zu bestrafen. Was seinen
Erstgeborenen anbetraf, so war er anderer
Meinung: „Wir haben den Hosenboden
strammgezogen bekommen und es hat uns
nicht geschadet", das war Kalles Standart-
spruch. Wen wunderte es, dass er schier aus-
rastete, als er einen Anruf mit der Aufforde-

rung bekam, seinen alkoholisierten Sohn aus dem örtlichen Kino abzuholen.

„Ihr Sohn hat eine Flasche Kirschlikör mit ins Kino genommen und diese mit seinen Freunden zusammen ausgetrunken. Anschließend hat er die sanitären Anlagen völlig verschmutzt und ist jetzt kaum ansprechbar."

Als der aufgebrachte Vater vor Ort ankam, war Peter gerade dabei, die Toilettenräume, in die er sich übergeben hatte, zu reinigen. Kalle ließ ihn die Verschmutzung beseitigen, nahm ihm beim Kragen und fuhr mit ihm nach Hause. Dort angekommen wartete die wütende Ilse schon auf das missratene Kind, sodass sich Kalle in diesem Fall nicht mit dem Strafvollzug befasste. Anschließend schlief der Delinquent seinen Rausch aus und kam am nächsten Morgen mit verquollenen Augen aus dem Bett gewankt: „Ich habe unerträgliche Kopfschmerzen und der Rücken tut mir schrecklich weh." Kalle grinste: „Die Kopfschmerzen sind vom Saufen, merk dir das, mein Sohn. Was den Rücken anbelangt, da hat deine Mutter einen Kleiderbügel darauf kaputt gehauen."

Dienstag war Ruhetag. Karl und Ilse fuhren am späten Nachmittag zum Kegeln nach Gelsenkirchen. Sowohl Opa Adolf als auch die Kinder konnten es gar nicht erwarten die beiden los zu werden, denn sie hatten ihre eigenen Pläne für den Nachmittag.

Da sich die Abfahrtzeit der Eltern zuweilen um eine halbe Stunde verschob, ließ Peter seine Kumpel bereits durch die Hintertür in den Saal schlüpfen. Schließlich hatten die Knaben nicht so viel Zeit für das nun folgende Kampftrinken, denn sie mussten pünktlich zum Abendbrot zu Hause sein. Sie versteckten sich im Saal und warteten darauf, dass die Luft rein war. Gab Peter grünes Licht, so kamen sie in den Schankraum und placierten sich um den Tresen. Peter mimte den Wirt. „Was wollt ihr trinken", fragte er großzügig. Das Bier floss in Strömen, bei den Schnäpsen musste man vorsichtiger sein, denn ein zu großer Schnapsverlust wäre aufgefallen. Adolf saß bereits am Stammtisch und wurde mit dem Nötigen versorgt. Nach einiger Zeit kam Elisa dazu.

„Hey, deine Schwester, die Kröte, ist da!", rief einer der Knaben. „Entweder ich darf zapfen, oder ich verpetze euch."

„Wenn du petzt, dann knall´ ich dir eine", war Peters Antwort.

Elisa trumpfte auf: „Ist mir egal, aber was meinst du, was du für eine Senge von Papa kriegst." Damit hatte sie gewonnen.

Nach und nach probierten die Geschwister alle Schnapssorten aus. Wenn Peter richtig angeben wollte, so zündete er sich eine Zigarre an und Elisa durfte daran ziehen. Sie mochte den Rauch zwar nicht, kam sich aber ungeheuer erwachsen vor.

Kehrten die Eltern am späten Abend heim, so lagen die Kinder schon brav im Bett und schliefen wie die Engel. Ilse wunderte sich, denn in der Regel nutzten die Kinder jede Gelegenheit, um möglichst lange wach zu bleiben. Sie sprach Elisa darauf an.

„Och, Peter ist immer noch viel besoffener als der Opa", war die Antwort. „Er ist ganz scharf auf Schnaps und Zigarren. Ich zapfe immer, wenn ihr weg seid und Peters Kumpel trinken Bier." Ilse lächelte milde: „Kind du hast aber auch eine blühende Fantasie. Du musst aufhören, immerzu Lügengeschichten zu erzähle."

Eines Dienstags, die Party war gerade richtig in Schwung gekommen, ging die Hintertür auf und die völlig entgeisterten Eltern standen im Schankraum. Das Kegeln war ausgefallen.

Die angetrunkenen Knaben machten, dass sie wegkamen. Adolf trank vorsichtshalber erst einmal aus, mehr würde es heute voraussichtlich nicht geben, und schlurfte dann an seiner verdatterten Tochter vorbei in sein Zimmer.

„Siehst du", Elisa strahlt. „Ich hab doch gleich gesagt, dass ich zapfe."

Ilse nahm den nächstbesten Gegenstand, eine alte Zeitschrift, und schlug sie ihrer Tochter um die Ohren. Die heulte auf und verzog sich ins Schlafzimmer, wo sie sich schnell auszog und ins Bett legte. Obwohl sie sich das Oberbett über die Ohren zog, konnte sie deutlich Peters Jammergeheul hören.

***

Peter verschloss sich immer mehr, erledigte nach wie vor seine Pflichten, sprach aber kaum noch mit den Eltern. Er suchte Kontakt zu einem Jungen, der im Dorf als Tunichtgut bekannt war. Dieser hatte einige Diebstähle begangen und Bekanntschaft mit dem Jugendgericht gemacht. Nach der Schule kam Peter immer öfter spät heim. Er entschuldigte sich damit, den Bus nicht rechtzeitig bekommen zu haben. Oft fiel es Karl und Ilse überhaupt nicht auf, dass der Junge nicht nach Hause kam.

„Die interessieren sich doch sowieso nicht dafür, was wir machten und wie es uns geht, Hauptsache sie haben ihren Spaß", sagte er oft zu Elisa.

Eines Morgens musste man feststellen, dass in der Nacht eingebrochen worden war. Die Automaten wurden dabei aufgebrochen, Zigaretten, Schnaps und Bargeld fehlten. Die Familie hatte nichts mitbekommen, denn offensichtlich war der Einbrecher ohne Gewaltanwendung in die Gaststätte gelangt. Die Polizei zeigte sich mäßig interessiert, derlei Delikte waren eine Routinesache. Kalle, Böses ahnend, wartete auf das Eintreffen seines Erstgeborenen, der offensichtlich schon zur Schule gegangen war. Er ahnte richtig, Peter kam nicht nach Hause, nicht am Abend, nicht am nächsten Tag. Sein Zelt, ein paar Decken, Lebensmittel und Kleidung fehlten.

Nach einer Woche voller Angst und gegenseitiger Beschuldigungen kam ein Anruf von der Polizei: Peter war mit einem anderen Jungen, eben jenem Tunichtgut, bei einem Einbruchsversuch in einem Supermarkt erwischt worden. Bis zur holländischen Grenze hatten es die Jungen geschafft, dort waren ihnen das Geld und die Lebensmittel ausgegangen.

Kalle holte seinen völlig verwahrlosten und ziemlich hungrigen Sohn von der Polizeiwache ab. Dieses Mal war er so froh ihn zu sehen, dass er ihn einfach in die Arme schloss und die Einbruchsgeschichte nicht mehr erwähnte.

Im Sommer war Peter mit der Schule fertig und die Eltern stritten wieder einmal: „Wir sind doch wohl etwas Besseres. Übrigens würde ein Anzug Peter gut stehen. Er sollte ein Autoverkäufer werden", meinte Ilse. Kalle dachte eher praktisch: „ Der Bengel besitzt keinen Anzug. Er wird Autoschlosser, dann kann er mir immer das Auto reparieren und ordentlich Schwarzarbeit machen." Peter wurde erst gar nicht gefragt und begann tatsächlich mit einer Ausbildung zum Kfz Mechaniker in einer kleinen Opelwerkstatt. Obwohl er handwerklich begabt war, gefiel ihm die Arbeit überhaupt nicht. Er ging jeden Morgen mit Widerwillen in die Werkstatt. Bei seinen Eltern fand er keinen Rückhalt: „Junge, stell dich nicht so an." Anschließend fiel unweigerlich der Satz von den Lehrjahren, die keine Herrenjahre sind.

In letzter Zeit kam häufiger ein Gast in die Wirtschaft, der als Stewart zur See fuhr. Peter hörte sich die Erzählungen dieses Seemanns, der schon fast überall auf der Welt gewesen war, mit leuchtenden Augen an. Wie gerne hätte er mit diesem Mann getauscht und sich die Welt angeschaut, statt in einer Autowerkstatt zu versauern.

Die Gelegenheit bot sich ihm schon bald. Er war wegen einer Erkältung ein paar Tage krankgeschrieben worden und nach Ablauf der Zeit einfach noch einen Tag zu Hause geblieben. Damit das nicht auffiel, hatte er das Datum auf der Krankmeldung geändert. Er wurde zum Firmenchef zitiert und zur Rede gestellt, reagierte erst trotzig und dann pampig. Das Gespräch endete mit seiner fristlosen Kündigung. Ilse war entsetzt, Kalle wütend, er hatte für die Zukunft geplant und mit einem immer kostenlos reparierten Auto gerechnet. Nach dem ersten Schock kamen die beiden endlich auf die richtige Idee. Sie fragten ihren Sohn, was er mit seiner Zukunft anfangen wolle. Peter hatte genaue Pläne, denn er hatte ein langes Gespräch mit dem Seemann geführt. Er bewarb sich beim Norddeutschen Lloyd als Stewart. Kalle, den die Vorstellung, dass sein Sohn zur See fahren würde begeisterte, fuhr mit ihm nach Bremen. Peter wurde tatsächlich eingestellt. Er fuhr zunächst auf Frachtschiffen, musste eine Menge einstecken, aber die Arbeit gefiel ihm. Er umschiffte unzählige Male Kap Horn, lief im Laufe der Zeit eine Menge Häfen in Südamerika an, kannte New York wie seine Westentasche und kreuzte mit der ‚Bremen' und der ‚Europa' in der Karibik. Wenn er zu einer Stippvisite nach Hause kam, konnte er Nächte lang sein Seemannsgarn spinnen und faszinierte seine Zuhörer, denn er hatte ein unglaubliches Erzählertalent.

***

Elisa war traurig, Peter fehlte ihr. Wenn er sie auch oft geärgert hatte, manchmal komisch und nicht zu verstehen war, so hatte er sie doch immer getröstet und ihr geholfen, wenn die Eltern nicht ansprechbar waren. Hinzu kam, dass sie jetzt noch mehr Verpflichtungen aufgehalst bekam. Zwar hatte sich Kalles Stiefmutter, Minna, bereit erklärt, in Abwesenheit des Ehepaares auf Adolf zu achten und war seit dem unrühmlichen Abgang des Haushälterehepaares Chudzinski einige Male bemüht worden. Doch wenn die Eltern für ein paar Stunden unterwegs waren, so musste Elisa auf den inzwischen sehr verwirrten Opa achten, was eine wirkliche Herausforderung war.

Adolf, weit über 80 Jahre alt, hatte eine Demenz, die niemals diagnostiziert wurde, da er sich kategorisch weigerte, einen Arzt aufzusuchen. Sein Kurzzeitgedächtnis funktionierte nicht mehr richtig, er glaubte oft noch in Gelsenkirchen zu wohnen und wollte dann heim zu Anna gehen. Doch vergaß er nie, dass er dem Alkohol zugetan war, da halfen keine Ermahnungen seiner Tochter oder seines Schwiegersohnes. Am Ruhetag hatte er ein echtes Problem, denn die Gastwirtschaft war abgeschlossen. Ein anderes Lokal suchte er nicht auf, wozu auch, wo Schnaps und Bier doch zum Greifen nah waren. Adolf löste das Problem auf einfache Weise, indem er herausfand, dass er den Schankraum durch die Hintertür des Saales betreten konnte, weil diese Tür nicht abzuschließen war. Nachdem Elisa ihren Opa betrunken auf der Straße liegend vorfand, montierte Kalle die Türklinke von dieser Tür ab. Auch diese Herausforderung meisterte Adolf elegant. Er steckte eine aufgeklappte Schere in die Vierkantöffnung, in der sich vorher die Klinke befand, und konnte so die Tür problemlos öffnen. Wieder fand man ihn sinnlos betrunken in einer Ecke liegend und hielt die sich im Haushalt befindenden Scheren unter Verschluss. Adolf gab nicht auf, hatte schließlich einen genialen Gedanken: Konnte es denn sein, dass der Stiel eines Teelöffels in die Vierkantöffnung der Tür passte? Er probierte es aus und hatte Glück. Einige Löffelstiele passten tatsächlich in die Öffnung. Ein Dreh, die Tür ließ sich öffnen, das Tor zu seinem Paradies stand offen.

Im Laufe der Zeit fand er immer wieder einmal einen Löffel der passte, und drehte eine Menge Gewinde in eine Menge Teelöffel.

Peter war meist mit dem Großvater klargekommen, hatte Adolf gut zugeredet und ihn in sein Zimmer gebracht. Elisa stand der Sache hilflos gegenüber, denn sie fürchtete sich vor dem alten Mann, der ihr eine Tracht Prügel anbot, wenn sie sich ihm in den Weg stellen. So wartete sie, wenn sie allein mit ihm war, bis er sich hatte volllaufen lassen, und brachte ihn dann mehr oder weniger erfolgreich in sein Zimmer.

***

„Unglaublich, das Kind ist nur wenig älter als das ... ähm ...", Ilse konnte immer noch nicht über die Totgeburt sprechen und rang mühsam um Fassung. „Es ist noch gar nicht sicher, dass ich der Vater bin, schließlich war mein Kollege dabei. Verheiratet war die Frau auch. Wer weiß, ob der Ehemann nicht der Vater ist", versuchte Kalle zu beschwichtigen. Er hatte, während seiner Zeit als Kokereiarbeiter, mit einem Arbeitskollegen zusammen die Deputat-Kohle verkauft und auch angeliefert. Bei einer dieser Lieferungen waren beide in einer nicht gerade vornehmen Wohngegend tätig. Die Dame des Hauses war allein, ihr Mann auf Schicht. Sie bat die beiden Männer in die Wohnung, wo sie ihnen ein kühles Blondes anbot. „Schnäpschen dazu, die Herren?"

„Warum nicht, schöne Frau, Arbeit macht durstig", die beiden ließen sich nicht lange bitten.

„Aber für zwei so kräftige Männer dürfte das doch kein Problem sein, sie sind sicherlich in jeder Beziehung sehr kräftig."

Hier stoppte Ilse Kalles Schilderung: „Einer nach dem anderen?"

„Ja meinst du denn, ich wollte den Kollegen nackt sehen! Er war zwar mein bester Kumpel, aber das geht gar nicht. Sicher einer nach dem anderen, im Schlafzimmer. Da habe ich auch das Hochzeitsbild gesehen, auf ihrem Nacht-tisch."

„Was seid ihr doch für zwei Schweine! Ich will keine weiteren Details hören!" Eines inte-ressierte Ilse allerdings: „Sag mal, ihr ward doch immer voller Kohlenstaub, habt ihr euch wenigstens vorher gewaschen?

„Das war der Schlampe egal." Karl schaute sie treuherzig an. „Ilse, du bist die einzige an-ständige Frau, die ich kenne, bitte gib mir eine Chance. Bestimmt ist das gar nicht mein Kind und die will mir was unterjubeln. Ich habe ja nur einmal mit der …"

Wie sich herausstellte, war die Frau tatsächlich verheiratet. Allerdings hatte ihr Ehemann die Vaterschaft für das bei dieser Kohlenlieferung entstandene Kind immer schon angezweifelt. Jetzt ließ sich das Pärchen scheiden. Als Folge weigerte sich der Exmann Unterhalt für das ‚Kuckuckskind' zu zahlen. Mithilfe eines Vaterschaftstestes sollte geklärt werden, wer der wirkliche Erzeuger war. Kalle sah dem Test sehr optimistisch entgegen, wo er doch nur einmal ...

Er war der Vater.

„Das gibt´s doch gar nicht, sicher ist das ein Irrtum. Ich werde gegen diesen Test klagen und Unterhalt zahle ich schon gar nicht", erklärte er seiner fassungslosen Frau. „Es müsste doch mit dem Teufel zugehen, wenn ausgerechnet ich ins Schwarze getroffen habe." Das tat es. Er verlor den Prozess, musste diese Kosten auch noch tragen, was die Familie fast in den Ruin trieb. Nun war man wieder einmal nicht in der Lage, die Kosten für eine Krankenversicherung aufzubringen.

„Das macht nichts", meinte Kalle. „Wir sind alle sehr gesund. Sollte doch einmal ein Arzt nötig sein, so werde ich die Rechnung schon bezahlen können."

Prompt stolperte Elisa ein paar Tage später über ihren Tornister, fiel unglücklich und stauchte sich das Handgelenk. Es war Dienstag, die Eltern unterwegs. Die Hand pochte, schwoll immer mehr an und in ihrer Not rief sie bei ihrer Großmutter Minna an. Die wusste Hilfe: „Dagegen hilft warmes Öl. Das streichst du dir auf die Hand und dann ist alles wieder gut. Bestimmt kommen deine Eltern bald heim, du brauchst also nicht noch einmal anzurufen." Also erhitzte Elisa ein wenig Speiseöl, schmierte es sich auf die Hand, worauf diese erst richtig zu pochen begann. Das Kind rollte sich auf seinem Bett zusammen und war froh, dass wenigstens von Adolf nichts zu sehen war. Die Eltern kamen spät am Abend heim. Am nächsten Morgen schickte Kalle seine Tochter zum Arzt, der eine Verstauchung diagnostizierte.

„Mein Papa sagt, sie sollen die Rechnung zu ihm schicken, wenn es nötig ist, er wird sie dann schon bezahlen können", erklärte Elisa dem verblüfften Arzt.

***

Die Gastwirtschaft warf kaum noch Umsatz ab, Tanzveranstaltungen gab es jetzt auch anderswo. Das gutbürgerliche Publikum besuchte diese Gaststätte nicht. Der 'harte Kern' war inzwischen erwachsener und bieder geworden. Aus dem lauten, partyverrückten und trinkfesten Jungvolk, wurden Familienväter und Mütter. Die neue Generation zahlte auch weiterhin brav den Eintritt zum Saal, hielt sich aber den ganzen Abend an einer Cola fest.

Trotz der angespannten Finanzlage kauften sich die Jollenbecks ein nagelneues Hauszelt. Dazu bestand Ilse auf einer kompletten Campingausrüstung mit Schränken, Töpfen, Geschirr und allem, was dazugehörte. „Schließlich muss ich auch mal entspannen, sonst macht mein Herz irgendwann nicht mehr mit", argumentierte sie. „Wir stellen das Zelt dauerhaft auf einem Campingplatz auf, dann können

wir immer einmal einen Kurzurlaub machen."
Die Wahl fiel auf das Städtchen Elten am Nie-
derrhein. Der Campingplatz war nur 90 km
entfernt und somit schnell zu erreichen. Wann
immer es das Wetter zuließ, ließ sich Ilse von
ihrem Mann dort hinfahren. In den Ferien und
an den Wochenenden nahm sie ihre Tochter
mit. Kalle betrieb in dieser Zeit die Gaststätte
allein, denn der Arbeitsaufwand hielt sich neuerdings in Grenzen. Er kam so oft es ging
nach, denn auch er genoss das Leben auf dem
Campingplatz. Für Adolf war gesorgt. Nach
wie vor freute sich Minna, wenn sie ein paar
Tage mit ihm allein verbringen konnte.

Die Sommerferien 1968 gedachte Ilse mit ihrer Tochter komplett auf dem Campingplatz zu
verbringen. Nach 14 Tagen stieß Kalle überraschend dazu.
„Papa, bleibst du jetzt auch hier", wollte Elisa
wissen.
„Was soll das denn?", fügte Ilse streng hinzu.
„Hast du die Wirtschaft einfach geschlossen?
Tja, wenn du meinst, dass wir uns das leisten
können. Was ist überhaupt mit Vater? Hast du
ihn etwa ganz alleine gelassen?"
Es stellte sich heraus, dass Kalle die Gaststätte
für eine Woche geschlossen hatte, um diese
Zeit mit Frau und Tochter zu verbringen. Minna war entzückt darüber, sich wieder einmal
um Adolf kümmern zu dürfen. Sie versprach
hoch und heilig ihm den Schnaps zu rationie-

ren und ihn so gut wie möglich vom Schankraum fernzuhalten. Elisa freute sich, dass Kalle mit von der Partie war. Endlich kümmerte er
sich wieder einmal um sie, ging mit ihr zum
Schwimmen und tobte ausgelassen mit ihr
herum. Die Woche verging viel zu schnell,
Kalle musste zurück in die Gaststätte. Wie
erstaunt war seine Familie, als er am nächsten
Vormittag wieder auf dem Campingplatz erschien. „Willst du das Arbeiten jetzt ganz einstellen?", empfing ihn seine Frau.

„Liebes, bitte reg dich jetzt nicht auf", Kalle
schluckte krampfhaft. „Dein Vater ist verschwunden."

Ilse glaubt an einen Witz: „Mein Vater ist also
verschwunden. Ja klar, er ist mit deiner Stiefmutter durchgebrannt und die beiden heiraten
gerade in Las Vegas."

Kalle konnte nicht lachen. „Bitte, setz dich
hin, ich erzähle dir, was passiert ist."

Minna und Adolf waren, wie immer, gut zu-
rechtgekommen. Minna kümmerte sich um
Adolf, kochte ihm die Mahlzeiten und erzählte
ihm dies und das. Er hörte ihr geduldig zu,
solange er immer einmal einen Schnaps bekam. Allerdings schien er zuweilen abwesend
und sprach sie öfter mit „Anna" an, was ihr
nichts ausmachte, solange er nur zuhörte.
Einen Tag, bevor Karl wieder nach Westerholt
kam, saß Minna in der Küche und schälte Kar-
toffeln für das Mittagessen. Adolf wollte sich

vor dem Essen noch ein Stündchen hinlegen, er hatte seinen Schnaps getrunken und war schläfrig. „Leg dich nur hin, aber sei bitte pünktlich zum Essen wieder hier unten in der Küche, es wird sonst alles kalt", gab Minna ihm mit auf den Weg.

Später wartete Minna, wie befürchtet, mit dem Essen. „Ich hab es ihm noch gesagt, verflixt", grummelnd klopfte sie an seine Tür und musste feststellen, dass sich Adolf nicht in seinem Zimmer befand. Auch nach längerem Suchen blieb er verschwunden.

„Sicher ist er frische Luft schöpfen und hat die Zeit vergessen", jetzt war Minna wirklich böse. „Der soll mir nach Hause kommen, den Schlummertrunk kann er für heute vergessen!" Den Schlummertrunk brauchte dann allerdings sie, denn von Adolf fehlte weiterhin jede Spur. Nach einer schlaflosen Nacht erwartete sie ihren Stiefsohn bereits in der Tür. „Adolf ist verschwunden!"

„Ach was, der alte Trunkenbold hat wieder die Saaltür geknackt und liegt jetzt besoffen in einer Ecke", beruhigte Kalle sie. „Mach dir mal keine Sorgen, ich finde ihn schon."

Doch auch Kalle wurde nicht fündig, weder in den Räumen der Gastwirtschaft noch im Haus. „Ich gehe durchs Dorf. Vielleicht hat ihn jemand gesehen. Bitte bleib hier, vielleicht kommt er gerade jetzt um die Ecke."

Als Kalle nach einer Weile wieder zurückkam, war auch er beunruhigt, denn niemand hatte

Adolf gesehen. „Wir warten heute noch ab, dann fahre ich zum Campingplatz und hole Ilse. Verdammt, der Alte ist wirklich schlimmer als ein Kind. Wer weiß, wo der sich herumtreibt." Der Tag verging, Adolf war und blieb verschwunden.

An dieser Stelle unterbrach Ilse ihren Mann. „Ich weiß, dass du etwas gegen meinen Vater hast. Wahrscheinlich ist er schon lange wieder zu Hause, wo soll er auch hin." Sie irrte sich gründlich. Zu Hause angekommen alarmierten Kalle und Ilse die Polizei.

**

Adolf hatte geschlafen und war abrupt aufgewacht. „Ich soll nicht zu spät zum Essen kommen. Anna wird sonst wütend und meckert mit mir." Seine Anna hatte Haare auf den Zähnen, wenn es darauf ankam. Verwirrt schaute er sich um, da war etwas gar nicht richtig. Er konnte sich nicht mehr so genau daran erinnern, wie er in dieses Zimmer gekommen war. Hatte er zu viel getrunken und war irgendwo untergekommen? Er seufzte. Jedenfalls wurde es Zeit, dass er sich auf den Weg machte. Anna wartete mit dem Essen. So verließ er das Zimmer. Die Räumlichkeiten kamen ihm undeutlich bekannt vor, er wusste, wie er hinausgelangen konnte. Auf der Straße angekommen schaute er sich um. Wo er hier nur hingeraten war? Nun, er würde erst einmal geradeaus gehen, denn in der Ferne sah er undeutlich Bäume, das schien der Stadtgarten zu sein und den musste er durchqueren, um nach Hause zu gelangen.

***

Inzwischen waren gut drei Monate vergangen. Obwohl alles Menschenmögliche getan worden war, um ihn ausfindig zu machen, blieb Adolf weiterhin verschwunden. In der Zeitung erschien ein großer Artikel mit seinem Foto: ‚Wer hat den vermissten Rentner gesehen?' Die Kripo lief zur Höchstform auf und durchsuchte nicht nur das Haus, sondern auch den großen Brenner der Koksheizung.

„Was meinen sie eigentlich? Denken sie, wir hätten meinen Vater verfeuert?", fragte Ilse erbost. Der Kripobeamte zuckte mit den Schultern. „Wir müssen alle Möglichkeiten in Betracht ziehen."

Elisa war insgeheim froh, dass Adolf verschwunden blieb, denn nun musste sie nicht mehr auf ihn aufpassen. Das hatte sie sehr belastet. Sie war überzeugt davon, dass Adolf weggefahren war, um jemanden zu besuchen und irgendwann wieder auftauchen würde.

„Ich denke sie erkennen die Pantoffeln wieder!" Der Polizeibeamte stellte das Paar auf dem Tresen ab und legte ein Gebiss daneben. Ilse brach in Tränen aus, denn es handelte sich in der Tat um Adolfs Pantoffeln. Der Polizeibeamte erklärte: „Ein Pilzsucher hat im Wald, im dichten Unterholz, die Überreste eines Menschen gefunden. Diese Pantoffeln standen ordentlich nebeneinander dicht bei der Leiche."

„Ja, die Pantoffeln gehören meinem Vater", schluchzte Ilse. „Wieso haben sie das Gebiss mitgebracht? Was soll das?"

„Tja, gute Frau, viel ist von ihrem Vater nicht mehr übrig. Er ist Ende Juni verschwunden, jetzt haben wir Anfang Oktober. Dabei haben sie noch Glück, dass er überhaupt gefunden wurde, denn einen guten Meter weiter verläuft die Umzäunung für den neuen Löwenpark. Es ist erstaunlich, dass man die Leiche nicht beim Umzäunen des Terrains gefunden hat."

So war Adolf, wohl in der Annahme durch den Gelsenkirchener Stadtgarten zu gehen, in den dichten Stadtwald geraten und hatte sich hoffnungslos verlaufen. Ob er nun einen Schlaganfall bekam, oder sich einen Moment niederlegte, um auszuruhen, er war nicht mehr in der Lage gewesen weiter zu gehen und dort gestorben. Die Familie war wie vor den Kopf gestoßen, denn insgeheim hatte jeder gehofft, er würde wieder auftauchen. Ilse trauerte um ihren Vater, aber anders als bei Annas Tod, fasste sie sich schnell wieder.

***

„Der schmeckt, davon nehmen wir auch eine Kiste", nuschelte Kalle. Es saß zusammen mit Ilse und Peter, der für ein paar Tage zu Hause war, an einem Ausstellungsstand auf der ‚Anuga'. Das Dreigestirn hatte schon etliche Schnäpse durchprobiert und einiges bestellt. „Aber dürfen wir das denn?" Ilse kamen Bedenken. Obwohl auch sie nicht mehr so ganz standfest war, erinnerte sie sich daran, dass ein Vertrag mit dem Getränkevertrieb Troll existierte. „Wo kein Kläger, da kein Richter, Ilsekind! Das kriegt der Broth nie raus. Ich verkaufe immer den billigen Fusel als Asbach, das weißt du doch", Kalle kicherte in sich hinein. „Hat sich noch keiner beschwert." Am Ende der Schnapsprobe waren Eltern und Sohn sehr betrunken, was Kalle nicht davon abhielt, mit dem Auto nach Hause zu fahren. Am nächsten Morgen konnte sich keiner der Drei daran erinnern, wie viel Schnaps man bestellt hatte. Es war eine Menge, der Vertreter hatte kräftig eingeschenkt, da er ein gutes Geschäft witterte.

So wurden nach ein paar Wochen zehn Kisten, gefüllt mit verschiedenen Schnapsflaschen, angeliefert. Der Zufall wollte es, dass gerade zu diesem Zeitpunkt ein Vertreter der Firma Troll anwesend war. Eine solche Menge Schnaps ließ sich nicht wegreden oder als falsche Lieferung tarnen. Zudem entdeckte der Vertreter auch noch Bier, dass offensichtlich nicht über den Getränkehandel Troll geordert worden war. Die Katastrophe war perfekt.

„Ja Jollenbeck, dann ist wohl eine Konventio-nalstrafe fällig. Das wird teuer für dich", Otto Broth, inzwischen Geschäftsführer der Firma Troll genoss sie Situation sichtlich.

„Aber Herr Broth, das können sie mir doch nicht antun. Die Gaststätte läuft nicht gut, ich habe das Geld ganz einfach nicht." Kalle back-te ganz kleine Brötchen.

„Das hättest du dir vorher überlegen sollen, mein Bester. Du hast einen Vertrag unter-schrieben und den wirst du jetzt einhalten müssen." Broth kaute genussvoll an seiner Zigarre.

„Was soll ich denn machen, ich habe sowieso schon einen Kredit aufgenommen, weil wir sonst nicht zurechtkommen, mehr Geld gibt mir die Bank nicht", nuschelte Kalle verzwei-felt.

„Dann wirst du die Kneipe wohl aufgeben müssen. Die Strafe verrechnen wir mit deiner Kaution. Es wird nichts übrig bleiben, das sage ich dir gleich. Der Pachtvertrag mit uns läuft schließlich noch zwei Jahre. Du hast Glück, dass ich bereits neue Pächter habe, sonst wür-de es noch teurer für dich." Damit war das Gespräch zu Ende, Kalle schlich nach Hause.

***

Ilse ließ sich in einen achtlos hingestellten Sessel fallen und betrachtete fassungslos das Tohuwabohu. Die Möbel standen oder lagen nebeneinander, übereinander, zum Teil ineinander verkeilt in Einzelteilen auf dem Dachboden. Leise schluchzend ließ sie die letzten Monate Revue passieren.

Die Schnapsidee und die daraus resultierende Konventionalstrafe hatten ihre Karriere als Wirtin abrupt beendet. Kalle versuchte alles, um die drohende Katastrophe abzuwenden, leider ohne Erfolg. Broth ließ nicht mit sich reden. Die Kaution war, wie bereits angedroht, nicht zurückgezahlt worden, da die Jollenbecks den Pachtvertrag nicht einhalten konnten. „Wenn du willst, kannst du uns ja verklagen, Jollenbeck! Du wirst allerdings den Kürzeren ziehen."

Also musste eine neue Wohnung her. Ilse bestand darauf, wieder nach Gelsenkirchen zu ziehen und bald fand sich ein passendes Angebot: ‚*Vermiete schöne Fünfzimmerwohnung für 175 DM warm*', hatte in der Annonce gestanden. Kalle vereinbarte schnellstmöglich einen Besichtigungstermin.

Die schöne Fünfzimmerwohnung bestand aus einer Mansardenwohnung im fünften Stockwerk und zwei separaten Einzelzimmern. Hatte man die steilen Treppen erklommen, so schaute man auf den mit Wäscheleinen bespannten Dachboden, von dem die 3 Türen abgingen. Hinter der eigentlichen Wohnungseingangstür verbargen sich drei kleine aneinanderhängende Zimmer, deren Dachschräge in der Deckenmitte begann und fast bis zum Fußboden reichte. Dazu kamen die zwei einzelnen Räume, die nicht viel größer waren. Die Begrenzung zum Dach bestand aus dünnen Sperrholzplatten, die teilweise von einer zentimeterdicken Tapetenschicht gehalten wurden. Den Toilettenraum, welcher sich eine Treppe tiefer befand, schauten sich die Jollenbecks gar nicht an und musste später feststellen, dass die Deckenhöhe 1,20 Meter betrug. Als beste Taktik erwies es sich, den Raum möglichst rückwärts zu betreten. Das Herumdrehen in dem winzigen Verschlag, in den gerade die Toilettenschüssel passte, war nur unter den größten Verrenkungen möglich.

Kalle erwarb einen billigen, kleinen LKW, denn er hatte vor, wieder ins Fuhrgeschäft einzusteigen. „Mach dir keinen Sorgen, Liebes, ich bekomme schon genügend Aufträge", beruhigte er seine Frau. „Die Kneipe hat mir sowieso zum Hals heraus gehangen. Jetzt haben wir wenigstens wieder die Wochenenden für uns."

„Meinst du", war die zaghafte Antwort. „Vergiss nicht, dass wir einen Kredit abstottern müssen."

„Ach was, das mache ich schon. Und überhaupt haben wir uns nach dem ganzen Stress einen Urlaub verdient. Was würdest du dazu sagen, wenn wir nach Spanien fahren und dort einen schönen Campingurlaub machen? Das Zelt haben wir ja. Alles andere wird schon nicht so teuer sein." Kalle war einfach nicht aufzuhalten, wenn er seine Höhenflüge hatte.

„Ich werde mir etwas einfallen lassen", versprach er der jetzt strahlenden Ilse.

Der erste Einsatz des neuen alten LKW bestand darin, die Möbel für den Umzug zu transportieren. Kalle kümmerte sich um Hilfe. „Ich kenne da zwei, die sind gut und günstig." Nachdem er mit seinen Helfern die letzten Möbelstücke untergebracht hatte, ging es Richtung Gelsenkirchen. Peter sollte mit Ilse und den Kindern im PKW nachkommen, sobald die Gaststättenräume besenrein waren. „Wenn du in unserem neuen Zuhause ankommst, ist alles bereits aufgebaut, Liebes. Du musst dich um nichts kümmern."

Abrupt kam Ilse in die Wirklichkeit zurück. Wo mochte der treulose Ehemann nur stecken? Sie musste nicht lange überlegen: „Elisa, geh doch mal runter und schau in die Kneipe an der Ecke. Falls du deinen Vater dort findest, bringst du ihn sofort her."

Ilse hatte die richtige Idee. Elisa fand ihren Vater tatsächlich in der Eckkneipe, wo er stark alkoholisiert am Tresen hockte und mit den guten und günstigen Helfern knobelte. „Papa", sie zupfte ihn am Ärmel.

„Da ist ja meine hübsche Tochter." Kalle war bester Laune. „Otto, gib meinem Spatz eine Tafel Schokolade."

Der Wirt reichte Elisa die Schokolade über den Tresen. „Papa, du musst jetzt aber mitkommen. Mama ist ganz schön wütend, weil du die Möbel nicht aufgebaut hast."

„Hätte ich ja getan, Spatz, aber ich habe die Schlüssel vergessen. Die hat deine Mutter in der Tasche", rechtfertigte sich Kalle und trank sein Bier aus. „Männer, ich gehe jetzt besser mal hoch, muss meinen Drachen bändigen, mit oder ohne Futter."

Diese Szene sollte sich unzählige Male wiederholen, denn Kalle kehrte nur zu gern in der Eckkneipe ein und immer schickte Ilse ihre Tochter los, um ihn nach Hause zu holen. Das machte Elisa nichts aus, denn sie bekam jedes Mal eine Tafel Schokolade, die ihr der Wirt nach einiger Zeit kommentarlos über den Tresen reichte und die sie mit Genuss verzehrte. Dann kam: „Papa, du musst jetzt aber mitkommen, Mama ist ganz schön wütend." Worauf Kalle sein Bier austrank und im Aufstehen den Drachen-Spruch losließ. Mit der Zeit wurde Kalle im Viertel als Drachenbändiger bekannt. Wenn Ilse zuweilen mit in die Gaststätte kam und die Zwei an einem Tisch saßen, konnte es vorkommen, dass ihm ein Gast im Vorbeigehen auf die Schulter hieb: „Naaa, heute Futter dabei?"

Das irritierte und ärgerte Ilse maßlos. „Deine Saufkumpane sind wirklich pri-mi-tiv!"

Kalle hielt sein Versprechen. Die Familie fuhr wirklich nach Lloret de Mar und verbrachte ein paar Urlaubswochen auf einem Campingplatz. Um den Urlaub zu finanzieren, ließ er sich tatsächlich etwas einfallen: In den guten Zeiten hatte er seiner Frau einiges an Schmuck geschenkt. Den versetzte er nun, mit ihrer Erlaubnis, in ‚Grünes Leihhaus'. „Es ist ja nur vorübergehend, Liebes, sobald wir zu Geld gekommen sind, werde ich dich mit Juwelen überhäufen", erklärte er überschwänglich.

Alles in allem wurde es ein unbeschwerter Urlaub. Der Campingplatz war von Pinien beschattet und lag direkt am Meer. Elisa war sehr stolz auf ihren ersten Bikini. Bis dato hatte sie immer Badeanzüge getragen. Jetzt bekam sie einen rosa Zweiteiler. Zudem war das Oberteil mit einem Plastikgerüst ausgestattet, sodass sie es auf eine stattliche Oberweite brachte. Da aber bei Elisa gar nichts vorhanden war, stopfte sie sich das Teil mit Papiertaschentüchern aus, denn das sah insgesamt runder aus. Zum ersten Mal bemerkte sie den einen oder anderen interessierten Blick und fühlte sich großartig. Zum Schwimmen trug sie allerdings den altbewährten Badeanzug. Spätestens jetzt wurde klar, dass es sich bei dem Bikinioberteil um eine Mogelpackung handelte.

Nach 3 Wochen war das Reisegeld aufgebraucht, man machte sich auf die Rückfahrt.

***

Trotz aller Bemühungen bekam Kalle nicht genug Fuhren. Er sortierte nebenbei Altmetall auf dem nahegelegenen Schrottplatz. Hinzu kam, dass er Probleme mit dem Ischiasnerv bekam und oft nur nach Einnahme starker Schmerzmittel laufen konnte. Herz und Lungenprobleme hatte er schon lange, wenn er auch wenig klagte. Bald war es nicht mehr möglich, den Kredit zu bezahlen. Die Jollenbecks bekamen Besuch vom Gerichtsvollzieher. Der pfändete, klebte seinen Kuckuck auf Fernseher und Musiktruhe, viel mehr war nicht zu finden. Den Lastwagen hatte Kalle, der das Unglück kommen sah, auf Peters Namen angemeldet. Kalle riss die Pfandsiegel nach einer Weile wieder ab und ging zur Tagesordnung über. Irgendwann waren, als Elisa aus der Schule kam, Fernseher und Musiktruhe verschwunden.

Mit den finanziellen Problemen häuften sich wieder einmal die Auseinandersetzungen zwischen den Eheleuten. Ilse keifte und schimpfte stundenlang, Kalle betrank sich schweigend, explodierte irgendwann, wie gehabt. War die Situation eskaliert, verbrachte Ilse die Nacht im Kinderzimmer. Am nächsten Tag ging man zur Tagesordnung über. Elisa lernte die Zeiten zu fürchten, an denen die Eltern aufeinander losgingen. Wenn abzusehen war, dass es zu einer Auseinandersetzung kommen würde, verbrachte sie den Abend in ihrem Zimmer,

immer ängstlich lauschend. Oft kam Ilse später hinzu und schlief mit ihr zusammen im Bett. Mitten in der Nacht stand dann Kalle im Zimmer und bat seine Frau mit ihm ins Schlafzimmer zu kommen. Er könne ohne sie nicht einschlafen, meinte er dann. Manchmal ließ Ilse sich erweichen, aber oft genug schickte sie ihren Mann mit harschen Worten weg.

***

Elisa gelang der Schulwechsel mühelos. Sie schloss erstaunlich schnell neue Freundschaften und sie verliebte sich unsterblich. Manfred saß ein paar Tische vor ihr in der Jungenecke der Klasse. Wann immer es möglich war, himmelte Elisa ihn an, was Manfred überhaupt nicht zu bemerken schien. Wenn sie ihrem Schwarm zufällig begegnete, sei es in der Schule oder auf der Straße, und er sie ausnahmsweise zur Kenntnis nahm, bekam Elisa keinen Ton heraus, sondern starrte ihn stumm an. So kam Manfred zu der Erkenntnis, dass dieses seltsame, stotternde Geschöpf nicht nur pickelig und mickerig, sondern auch noch zurückgeblieben war. Elisa litt an unerfüllter Liebe und einer unerklärlichen Sehnsucht. Die sonst so geliebten Karl-May-Bücher wurden ganz hinten in den Schrank verbannt und machten Werken von Hedwig Courths-Mahler Platz. ‚Die Bettelprinzess' hatte es ihr angetan und sie vergoss heiße Tränen. Margaret Mitchells ‚Vom Winde verweht' las sie unzählige

Male. Über ihrem Bett hing ein Bravo-Starschnitt von ‚Ricky Shayne‘. Sie schmachtete den Sänger an, hörte auf ihrem Plattenspieler Schmusesongs, träumte vor sich hin und fühlte sich schrecklich unattraktiv. Das war sie, im Vergleich zu anderen Klassenkameradinnen, die schon bemerkenswerte Kurven entwickelt hatten, allerdings. Wie gerne hätte Elisa mit ihrer Freundin Monika getauscht, denn fast alle Jungen, auch Manfred, schauten ihr nach. Gut, Monika, die die Klasse wiederholte, war nicht besonders helle, aber dafür hatte sie an den richtigen Stellen Kurven.

Es gab einen Jungen, Volker, der während der Pause oft bei den Mädchen stand, sich gerne mit Elisa unterhielt, aber immer zurückhaltend blieb und sich nie so rüpelhaft, wie die meisten Jungen verhielt. Er saß eine Bank hinter ihr. Nach und nach entdeckte sie ihre Sympathien für ihn. Er war jemand, der ihre Blicke erwiderte und, genau, wie sie, plötzlich rote Ohren bekam. Er stellte sich so oft wie möglich neben sie, erzählte etwas, wobei ihm plötzlich die Worte fehlen. In solchen Situationen standen sich die beiden gegenüber, schauten sich in die Augen und schwiegen sich an, denn Volker war nicht weniger schüchtern zu sein als Elisa, die schier verzweifelte. Bemerkte dieser Holzkopf denn nicht, wie es um sie stand? Wann würde er endlich die entscheidende Frage stellen? Dass Elisa die Initiative ergriff, war unmöglich, so etwas tat ein Mädchen nicht. „Das gehörte sich nicht", hatte Ilse ihr immer wieder erklärt. In ihrer Not vertraute sie sich ihrer Freundin Monika an. „Volker hat mir schon oft gesagt, dass er dich gut findet", meinte diese. „Er traut sich bloß nicht. Ich kann ja mal mit ihm reden."

Ein paar Tage später traf man sich im Jugendheim, wo einmal in der Woche ein Disconachmittag stattfand. Elisa, die Monika begleitete, war ganz aufgeregt. Ob Volker auch dort wäre? Ober mit ihr tanzen würde? Vielleicht würde er sie heute fragen. Volker stand schon am Rand der Tanzfläche, als die beiden Mädchen im Jugendheim ankamen. Er forderte Elisa sofort zum Tanzen auf. Das war zu schön, um wahr zu sein, denn der DJ legte ‚Sounds of Silence' von Simon und Garfunkel auf, einen langsamen Song also. Volker nahm sie in dem Arm. „Monika hat mir was erzählt", flüsterte er Elisa ins Ohr.

„Ja", japste sie atemlos.

„Ja", antwortete er, „und vielleicht möchtest du ja … vielleicht könnten wir …"

„Verflixt willst du jetzt mit mir gehen, oder nicht", platzte Elisa laut heraus und wurde puterrot. Ihr kam es vor, als ob alle Anwesenden das gehört hätten. Volker grinste: „Ja klar, was meinst du denn! Vielleicht lässt du mich mal ausreden? Und nach Hause bringe ich dich auch nachher."

Es wurde ein richtig schöner Nachmittag, Volker und Elisa tanzten auch auf alle schnellen Musikstücke Klammerblues. Nach Ende der Disco brachte er sie, wie versprochen, nach Hause. Er küsste sie zwar nicht, aber er nahm sie zum Abschied in den Arm. Der erste Kuss, das musste etwas ganz Besonderes sein, jedenfalls stand das so in der ‚Bravo'. Elisa stellte sich ein Feuerwerk vor, sie würde unglaublich glücklich sein. Doch wie enttäuschend war die Wirklichkeit. Volker quetsche sie an sich und presste seinen Mund so fest an ihre Lippen, dass Elisa seine Zähne schmerzhaft spürte. Alles was sie empfand, war Erleichterung, als er sie losließ. ‚Vielleicht ist das ja so und das ganze Geschmuse wird völlig überbewertet', dachte sie bei sich, ließ sich zwar ab und zu von ihm küssen, blieb dabei aber passiv. Viel lieber war es ihr mit Volker Hand in Hand spazieren zugehen und sich zu unterhalten.

***

„WAS, einen Freund?" Kalle meinte nicht richtig gehört zu haben. „Das glaube ich nicht, die Kleine ist doch noch ein Kind."

„Dann schau dir mal die blauen Flecken an, die sie auf dem Rücken hat. Du kannst die einzelnen Finger erkennen."

Ilse hatte zufällig die blauen Flecken entdeckt, die Volker hinterlassen hatte, als er zu heftig gequetscht hatte. Zur Rede gestellt erzählte Elisa ihr, dass sie mit jemandem gehen würde.

Von nun an war Kalle auf der Hut. Er beschützte seine Tochter vor allen bösen Wölfen, was bedeutete, dass er versuchte alle jungen Männer zu vergraulen, die in Elisas Nähe kamen.

Volker war sein erstes Opfer. Als Elisa ihren Vater wieder einmal aus der Eckkneipe holte, bemerkte sie, dass Volker mit seinem Freund im Hintergrund an einem Tisch saß. Vielleicht ist das die Gelegenheit. ‚Wenn Papa ihn erst mal sieht, dann wird er merken, wie nett Volker ist', dachte sie und wisperte: „Papa, da vorne sitzt mein Freund." Volker, der nicht wusste, wie er sich verhalten sollte, schaute betont aufmerksam in eine andere Richtung. Kalle fixierte ihn mit düsterem Blick: „Der??? Der ist zu dick für dich!"

„Aber Papa, er ist doch auch groß", versuchte Elisa ihren Freund zu verteidigen. „Ich finde ihn gerade richtig."

Kalle ließ sich nicht beirren: „Ja, zu groß und zu grob ist der auch für dich, kein Wunder das du blaue Flecken hast. Überhaupt, der hat dich angefasst", rief Kalle aus, als ob ihm das jetzt erst klar würde. Wenn seine Blicke erst düster waren, so wurden sie jetzt mordlüstern.

„Bitte Papa", flehte Elisa, „du bist so peinlich!"

„Peinlich, ha", grollte Kalle und wurde noch lauter. „Wenn der dich noch einmal anfasst, dann zeige ich dir, was peinlich ist! Ich werde ihn durch ganz Gelsenkirchen bis nach Katernberg prügeln!"

Volker hatte inzwischen bezahlt und schlich sich zur Ausgangstür.

„Und feige ist der auch noch!", rief Kalle aus, wobei er voller Genugtuung grinste.

Nach diesem Zusammentreffen ließ Volkers Interesse abrupt nach. Er traf sich noch ein- zwei Mal mit Elisa, wobei beide bemüht waren, nicht über den bewussten Nachmittag zu reden. Ihre Liebe kühlte merklich ab und so verabredeten sich die beiden nicht mehr miteinander. Elisa war verwirrt, sie mochte Volker nach wie vor gern, war aber erleichtert darüber, ihn nicht mehr küssen zu müssen. Überall stand, dass die Liebe etwas ganz Besonderes wäre. So besonders war das nun gerade nicht gewesen.

„Heute ist unten in der Wirtschaft Tanz, wollen wir hingehen?" Kalle machte gut gelaunt ein paar Tanzschritte. In unregelmäßigen Abständen gab es in Kalles Stammkneipe Tanzabende, die von Jung und Alt besucht wurden. Da es für Elisa die einzige Möglichkeit war, an diesen Veranstaltungen teilzunehmen, ließ sie sich zähneknirschend von ihrem Vater begleiten. Der saß an der Theke und passte auf wie ein Schießhund. Tanzen mit einem jungen Mann war erlaubt, auch eine Unterhaltung, allerdings nicht zu lange und nicht zu intensiv. Kalle schien durch Wände blicken zu können und war immer zur Stelle, wenn Elisa intensivere Kontakte knüpfen wollte. Meistens forderte er seine Tochter dann zum Tanzen auf und vertrieb früher oder später alle Interessenten.

Einmal war Elisa ihm kurzzeitig entwischt und mit einem Jungen vor die Tür zum Luftschöpfen gegangen. Dort hatte sie ihren ersten, furchtbar nassen Zungenkuss bekommen, den sie noch viel ekeliger als Volkers Quetschküsse fand. Sie war freiwillig wieder hineingegangen, um weiteren Ekelküssen zu entgehen. Anschließend hatte sie nicht mehr mit dem Jüngling getanzt, ganz ohne Kalles zutun.

Heute wollte Ilse mitkommen. Peter, der wieder einmal für kurze Zeit an Land war, schloss sich ihnen an. Im Laufe des Abends gesellte sich ein ehemaliger Schulfreund von Peter zu den Jollenbecks. Elisa war hin und weg, zumal Günther ihr seine ungeteilte Aufmerksamkeit schenkte und sie ein paar Mal zum Tanzen aufforderte. Kalle schien heute besonders gut gelaunt zu sein. Er ließ den jungen Mann mit seiner Tochter flirten. Elisa, die scheinbare Unaufmerksamkeit ihres Vaters ausnutzend, verabredete sich mit Günther für den nächsten Tag, denn dann sollte noch einmal Tanz sein. „Na, hat das Mäusezähnchen sich mit dir verabredet?", fragte Kalle auf dem Nachhauseweg.

„Papa, was soll das denn?" Elisa war entrüstet, sie fand Günther unglaublich attraktiv und seine Zähne wahnsinnig sexy.

„Der Knilch hat die komischsten kleine Zähne, die ich je gesehen habe. Aber du hast recht, Mäusezähnchen sieht eher wie eine Ratte aus."

Kalle ließ nicht locker: „Hat er sich also mit dir verabredet?"

„Ja, morgen ist doch noch einmal Tanz. Bitte Papa, darf ich hingehen? Bitte!"

Wenn Elisa bettelte, dann konnte Kalle nicht Nein sagen. „Na gut, aber nur wenn dein Bruder mitgeht", ihm kam ein Gedanke: „Sag mal, weiß Mäuse … ja, ist ja gut, weiß der Knilch eigentlich, wie alt du bist?"

„Darüber haben wir nicht gesprochen. Das Alter ist doch auch ganz unwichtig."

„So, meist du", mehr sagte Kalle nicht, aber er grinste hinterhältig.

Am nächsten Abend saß Elisa wie auf heißen Kohlen und schaute immer wieder sehnsüchtig zur Saaltür. Peter begleitete sie, ließ sich aber nichts anmerken. Es wurde spät, Günther kam nicht. „Ich glaube Günther hat heute doch keine Zeit", flüsterte sie, den Tränen nahe.

„Ich habe ihn heute Nachmittag getroffen, da hatte er noch Zeit", bemerkte Peter trocken.

„Warum kommt er denn dann nicht, wir sind doch verabredet." Elisa verstand die Welt nicht mehr.

„Vielleicht liegt es daran, dass ich mit ihm geredet habe. Du weißt ja, wie Papa ist, ich

119

habe ihm vorsichtshalber erzählt, wie alt du bist und dass Papa manchmal sehr jähzornig sein kann."

Auch, was die Kleiderordnung anging, waren Eltern und Tochter völlig unterschiedlicher Meinung. Knackig enge Hosen und Miniröcke waren nun mal in, warum sollte Elisa so etwas nicht tragen? Sie kürzte möglichst jeden Rock um einen Saum, zog Jeanshosen nass an und ließ sie am Körper trocknen, damit sie schön eng saßen. Sie trug besonders gern ein rosafarbenes Angora Kleid, an diesem Teil war beim besten Willen nichts mehr zu kürzen. Kalle schlug bei ihrem Anblick die Hände über dem Kopf zusammen und verbot seiner Tochter, das Haus zu verlassen. Ilse kramte eine graue, etwas längere Strickjacke hervor, die Elisa über dem Kleid tragen musste. Das tat sie auch brav, bis sie am untersten Treppenabsatz angekommen war. Dort befand sich die Tür zu den Kellerräumen, wo die Strickjacke landete, bis Elisa wieder nach Hause kam. Bald hatte sie in einer versteckten Kellerecke einen festen Platz für unnötige Kleidungsstücke. Warum sollte sie die Eltern aufregen? Besser war es, ein weites über ein enges Kleidungsstück zu ziehen und die überflüssigen Stücke dann im Keller zwischenzulagern.
Einmal krempelte sie sich im Treppenhaus den Rock auf die passende Länge. Zwar hatte sie dann eine Wulst in der Taille, aber darüber

kam der Pulli. Sie war so mit dem Krempeln beschäftigt, dass sie ihren Vater gar nicht kommen sah. Der blieb grinsend auf dem Treppenabsatz stehen, während Elisa in fieberhafter Eile den Rock wieder auf die ursprüngliche Länge brachte. Pfeifend ging Kalle die Treppe hoch, während seine Tochter eine Treppe tiefer wieder fleißig krempelte.

***

Kalle ging es körperlich immer schlechter. Sein Ischiasnerv plagte ihn, dazu kamen Probleme mit der Luft und Herzrhythmusstörungen. Auch sein Magen machte in letzter Zeit Probleme, seltsam, wo er sonst alles vertrug. „Man kann mich mit Stahlnägeln füttern, ich werde sie verdauen und in die Wand schießen." Das war einer seiner Standartsprüche.
Sein ein Mann-Transportunternehmen hatte er an den Nagel hängen müssen, denn der Lastwagen, sowieso alt und klapperig, gab eines Tages den Geist auf. So bewarb sich Kalle auf eine Annonce, in der Angestellte gesucht wurden, die eine Trinkhalle betreiben sollten. Er staunte nicht schlecht, als er bei seinem Bewerbungsgespräch auf Otto Broth stieß, der inzwischen für einen anderen Getränkevertrieb arbeitete. Er schien wie ausgewechselt und zeigte sich wohlwollend. Kalle bekam eine Trinkhalle in Stadtmitte zugewiesen, die er zusammen mit Ilse betrieb. Wenn die Schul-

den auch immer noch drückten, so war die Familie wenigstens wieder krankenversichert.

Seit ein paar Tagen fühlte sich Kalle gar nicht wohl. Sein Magen spielte völlig verrückt. Er hatte Krämpfe, die verschwanden wenn er etwas aß, nach kurzer Zeit aber wiederkamen. Heute war es besonders schlimm. So beschloss er, etwas früher Mittag zu machen und nach Hause zu fahren. Am Nachmittag wollte Ilse arbeiten und er wollte sie zum Feierabend abholen. Zu Hause angekommen legte er sich sofort ins Bett. Als die Schmerzen schlimmer wurden bat er Ilse, den Arzt zu holen.

„Wie stellst du dir das vor? Wo du mich nicht fahren kannst, muss ich den Bus nehmen. Da habe ich nicht auch noch die Zeit, beim Arzt vorbei zu gehen", mit diesen Worten verließ eine entrüstete Ilse die Wohnung. „Was dieser Mann sich einbildet, sicher hat er wieder mal ein Wehwehchen, der Versager", keifte sie vor sich hin, während sie die Wohnungstür geräuschvoll schloss.

Kalles Magenschmerzen verschlimmerten sich im Laufe des Nachmittags immer mehr. Er schleppte sich zur Wohnung der Vermieterin, denn sie besaß als einzige Person im Haus einen Telefonanschluss. Er bat sie bei seinem Arzt anzurufen und um einen Hausbesuch zu bitten. Der Arzt vertröstete, er müsse erst die Kranken abfertigen, die sich in seiner Praxis befänden. So dringend würde es schon nicht sein. Elisa bekam einen Heidenschreck, als sie nach Hause kam. So aufgelöst hatte sie ihren Vater noch nie gesehen. Er krümmte sich vor Schmerzen. Da der Arzt immer noch auf sich warten ließ, lief Elisa so schnell sie konnte in die nahe gelegene Praxis, um den Arzt dringend um einen Besuch zu bitten. Er versprach so schnell wie möglich zu kommen, was noch eine gute Stunde dauerte. Entsetzt und mit einem äußerst schlechten Gewissen rief der Doktor, kaum das er einen Blick auf den sich vor Schmerzen krümmenden Patienten geworfen hatte, einen Krankenwagen. Im Krankenhaus angekommen wurde Kalle sofort operiert, ein Magengeschwür war bereits durchgebrochen. Man war gezwungen, ihm zwei Drittel seines Magens zu entfernen. Elisa saß während der Operation im Wartezimmer. Zum ersten Mal in ihrem Leben betete sie mit aller Inbrunst. „Lieber Gott, bitte lass meinen Papa nicht sterben."

Kalle überlebte nur knapp. An eine regelmäßige Arbeit war nicht mehr zu denken und er wurde mit 45 Jahren Frührentner. Er besserte seine kleine Rente auf, indem er als Nachtwächter auf dem nahe gelegenen Schrottplatz arbeitete.

***

„Du hast als Berufswunsch Kinderkrankenschwester oder Bibliothekarin aufgeschrieben. Zwischen den beiden Berufen besteht ein gravierender Unterschied. Was möchtest du denn lieber machen?", fragte die Berufsberaterin. Elisa stand kurz vor der Schulentlassung und sollte sich für einen Beruf entscheiden. Kinderkrankenschwester hatte sie eigentlich nur aufgeschrieben, weil ihre beste Freundin das unbedingt werden wollte, aber sie las für ihr Leben gerne. „Bibliothekarin?", sagte sie deshalb zögernd.

„Für diesen Beruf fehlt dir die Schulbildung." Die Berufsberaterin nahm Elisa alle Illusionen. „Aber du könntest versuchen dich zur Buchhändlerin ausbilden zu lassen. Es gibt allerdings Probleme: die meisten Buchhandlungen im Umkreis sind katholisch. Weil dort auch kirchliche Literatur verkauft wird, ist ein evangelischer Lehrling nicht so gern gesehen. Dazu kommt, dass die mittlere Reife erwünscht ist. Mein Vorschlag wäre so: Wir machen einen Test. Wenn du ihn bestehst, dann versuchen wir, dir eine entsprechende Stelle zu vermitteln. Du bekommst von uns Bescheid, wann du zu dem Test erscheinen kannst, dann sehen wir weiter."

Dies schien Elisa ein hoffnungsvoller Vorschlag zu sein, sie verabschiedete sich freudestrahlend. Ilse, die ihre Tochter begleitet hatte, war weniger begeistert. „In einer Buchhandlung bist du auch bloß eine Verkäuferin. Was soll das denn? Warum fängst du nicht in einem Büro an, da hast du auch mit Lesen und Schreiben zu tun und du machst dir nicht die

Finger schmutzig." Sie bekam einen verträumten Blick: „Meine Tochter eine Büroangestellte, das wäre ich auch gern geworden. Überleg es dir, Kind."

Am Abend erzählte Ilse ihrem Mann entrüstet welchen Berufswunsch die Tochter geäußert hatte. Anschließend führte sie aus, welcher Beruf ihr für Elisa vorschwebte.

„Ich wüsste da etwas", meinte Kalle zögernd. „Ich kenne den Chefverkäufer vom Autohaus Opel-Feucht ganz gut. Er ist ein Schulkollege. Ich könnte nach einer Lehrstelle im Büro fragen." Ilse war Feuer und Flamme, sollte doch schon Peter Autoverkäufer geworden sein. Allerdings wollte die widerspenstige Tochter nach wie vor lieber Bücher verkaufen. Kalle handelte einen Kompromiss zwischen Mutter und Tochter aus: Man wollte auf den Test warten, Elisa sollte sich aber gleichzeitig bei dem Opelhändler bewerben. „Absagen kannst du das noch immer, Spatz, aber dann hast du erst mal etwas in der Hand." So bewarb sich Elisa bei Opel-Feucht und bekam sofort eine Zusage. Der Test vom Arbeitsamt ließ auf sich warten. Mit jedem Tag, der verging, fand sich Elisa mehr damit ab, in einem Büro zu arbeiten. Schließlich war das nicht das Schlechteste. Zudem erzählte der Vater überall stolz, dass seine Tochter jetzt ein Büromädchen würde. Schließlich, 14 Tage vor ihrem ersten Arbeitstag bei dem Opelhändler, trudelte die Einladung vom Arbeitsamt für den Test ein. Elisa sagte ab und begann mit der Ausbildung als Bürokauffrau.

***

„Was bedeutet das: aufgelaufenen Kosten?" Elisa hatte diesen Begriff noch nie gehört. Sie war seit den Sommerferien in der Lehre und sofort in der Buchhaltung gelandet.

„Ja nun", Fräulein Fein grinste, „die Kosten laufen und laufen, bis sie vor die Wand laufen, dann sind sie aufgelaufen." Im Hintergrund kicherte Fräulein Reinlich. Elisa seufzte. Sie beneidete die mit ihr in die Ausbildung gekommene Judith, denn die war in der Registratur tätig und arbeitete dort mit einer richtig netten Person zusammen. Im Gegensatz dazu herrschte in der Buchhaltung ein harscher Ton. Die Bürovorsteherin, eine ständig missgelaunte Person mittleren Alters, hatte feste Moralvorstellungen. Mädchen, die sich schminkten, lange Hosen oder kurze Röcke trugen hatten keine Moral, aus denen wurde nichts. Wenn diese jungen Dinger auch noch ihre Meinung vertraten oder gar Widerworte gaben, so waren sie untragbar. Ihre Mitarbeiterinnen, Fräulein Fein und Fräulein Reinlich dachten ganz genauso. Ihnen kam Elisa mit ihren kurzen Röcken und der großen Klappe gerade recht.

„Detlev Feucht hat gesagt: Es gibt keine dummen Fragen, nur dumme Antworten." Diesen Satz hatte der Juniorchef zur Begrüßung wirklich zu den neuen Lehrlingen gesagt.

Fräulein Fein schnappte nach Luft: „Nur nicht frech werden, mein Fräulein. Wisch dir erst mal den Grünspan von den Augen, wenn das der Senior sieht, kannst du was erleben."

Wieder seufzte Elisa. Sie nahm sich vor keine Fragen mehr zu stellen.

Der Seniorchef, Anton Feucht, gab sich in der Tat noch konservativer als seine Damen in der Buchhaltung. Lehrlinge hatten den Mund zu halten und sich an seine Regeln zu halten. Die langhaarigen Affen, die man in letzter Zeit überall herumlungern sah, waren ein echtes Feindbild für ihn. Dass sich diese Individuen auch schon in seine Firma eingeschlichen hatten, konnte er nur schwer ertragen. Sein Sohn war dafür verantwortlich. Seit er ihm die Firmenleitung überlassen hatte, ging einiges drunter und drüber.

Wenigstens kümmerte er, Anton, sich um eine vernünftige Ausbildung der Lehrlinge. Einem der jungen Menschen, die mit schulterlangem Haar herumlief, hatte er es kürzlich gezeigt. Er hatte sich, mit einer Schere bewaffnet, von hinten an den Autoschlosser-Lehrling angeschlichen und ihm eine ordentliche Portion Haare abgeschnitten, ehe der regieren konnte. Anton sammelte jede Woche die Berichtshefte ein und ließ die Lehrlinge antanzen. Es gab kein Heft, in dem er nichts zu bemängeln fand und meist hörte man sein Schreien bis in den Flur. Besonders Elisa hatte es ihm angetan, denn sie war ihm schon in der ersten Woche ihrer Tätigkeit unangenehm aufgefallen.

Zu den Aufgaben der neuen Lehrlinge gehörte es, kurz vor Feierabend die Papierkörbe einzusammeln und auszuleeren. Wie immer taten Elisa und Judith, das andere neue Lehrmädchen, ihre Pflicht. Sie sammelten die Papierkörbe ein, um den Inhalt dann im Müllcontainer zu entleeren. Zufällig standen sie vor der Bürotür des Seniorchefs, die sich direkt gegenüber der Ausgangstür befand, und unterhielten sich.

„Du hast es richtig gut in der Registratur", erklärte Elisa. „Aber du kommst ja auch noch in die Buchhaltung zu den vertrockneten Hippen. Da ist es völlig unwitzig, glaub mir."

„Ach, bis jetzt mache ich mir noch gar keine Gedanken über die Buchhaltung", antwortete Judith vorsichtig. „Es gefällt mir gut, hier zu arbeiten."

„Ja, eigentlich sind die Leute hier wirklich nett", meinte Elisa. „Aber wie man so hört, ist der Alte hinter dieser Tür ein ziemliches Ekel." Sie wies auf die Tür zu Anton Feuchts Büro, die sich diesem Moment öffnete. Anton stand im Rahmen, schaute die Lehrmädchen an, während er rot anlief und Luft holte. Wie auf ein Kommando packten die beiden ihren Korb und liefen, ohne sich noch einmal umzusehen zur Tür hinaus. „Ich glaube wir sollten uns jetzt etwas mehr Zeit lassen", meinte Judith trocken.

Mit der Zeit nahm Elisa, so wie die meisten der Lehrlinge, Antons Gepolter mit stoischer Ruhe hin. Es nutzte nichts sich zu ärgern, er fand, gerade was Elisa anbetraf, immer etwas zu bemängeln. Meist konnte er sich am nächsten Tag sowieso nicht mehr an seine Bemerkungen vom Vortag erinnern.

Schlimmer war da schon der Werkstattleiter, der sich gerne einmal ein Lehrmädchen zum Diktat in sein Büro bestellte. Irgendwann landete seine Hand unweigerlich auf dem Oberschenkel oder an einer anderen prekären Stelle. Elisa entwickelte eine Strategie gegen den ältlichen Fummler, in dem sie versuchte möglichst stehen zu bleiben, um seine leicht schweißigen Hände so besser abschütteln zu können. Sich zu beschweren wagte sie nicht. Mit den anderen Lehrlingen kam Elisa gut zurecht. In der Regel trafen sich die Lehrmädchen zur gemeinsamen Frühstücks- und Mittagspause. Sie tauschten den neuesten Bürotratsch aus, flachsten miteinander und unterhielten sich über das Thema überhaupt: Jungen. Obwohl es nicht gern gesehen wurde, hatten einige Büromädchen private Kontakte zu den Lehrlingen und Junggesellen in der Werkstatt. Darüber konnte man gar nicht genug reden. Mit der Zeit freundete sich Elisa mit Judith an, beide waren im ersten Lehrjahr und hatten einige gemeinsame Interessen. Da die beiden Mädchen in einer Berufsschulklasse waren und fast den gleichen Heimweg hatten, bot es sich an, nach der Schule zusammen nach Hause zu fahren. Meist fuhren sie per Anhalter. So ließ sich das Fahrgeld für die Straßenbahn einsparen, denn mit dem Taschengeld war es bei beiden nicht so weit her. In der Regel schlossen sich zwei Klassenkameraden an, die sich aber zunächst ein paar Meter weiter aufstellten und den Daumen herausstreckten. Nie kam es vor, dass ein Autofahrer zuerst bei den Jungen anhielt, obwohl die Vier immer wieder Wetten darüber anstellten. Bei den zwei Mädchen verhielt es sich anders. Kaum standen sie mit ihren kurzen Röckchen am Straßenrand, so hielt auch schon ein Auto an. „Soll ich euch mitnehmen", lächelte der Fahrer. „Ja, gerne", die beiden lächelten reizend zurück, „und wäre es sehr schlimm, wenn sie unsere Freunde auch mitnehmen würden? Sie haben die gleiche Richtung und warten schon so lange auf eine Mitfahrgelegenheit." Kaum ein Autofahrer schlug diese Bitte ab, und da in der Regel um eine Cola gewettet worden war, hatten die Mädchen die Getränke während der Pause meistens frei.

***

„Kommst du am Samstag mit? Wir wollen ins Hannen Eck." Judith blinzelte verschwörerisch. „Was heiß wir?" fragte Elisa nach. „Das kannst du dir schon denken. Udo kommt auch mit, aber sag's bloß nicht weiter." Judith hatte

Gefallen an einem Autoschlosser gefunden und er an ihr.

„Ja klar, ich kann dich doch nicht alleine lassen", meinte Elisa, „aber ich muss die Straßenbahn spätestens um halb zehn kriegen. Wenn ich nicht um zehn Uhr zu Hause bin, setzt es Senge." Seit sie 16 Jahre alt war, hatte Elisa Ausgang bis 22 Uhr. Kam sie allerdings zu spät nach Hause, so konnte Ilse handgreiflich werden.

Am Samstag trafen sich Judith und Elisa in der Disco. Das ‚Hannen Eck' machte zwar einen heruntergekommenen Eindruck, war aber zurzeit in. Judith wurde gleich von ihrem Udo in Beschlag genommen, sodass Elisa leicht gelangweilt am Rand der Tanzfläche stand und der Musik zuhörte. „Willst du tanzen?", fragte großer, schlaksiger junger Mann.

„Klar, deshalb bin ich hier", antwortete Elisa und folgte ihm auf die Tanzfläche: „Sag mal, wie groß bist du denn eigentlich?"

„Ich glaube, es sind zwei Meter vier", war die Antwort. Michael machte einen netten Eindruck, und so tanzte Elisa den ganzen Abend mit ihm. Es wurde viel zu schnell halb zehn. Sie musste sich beeilen, um die Straßenbahn zu bekommen. Michael begleitete sie zur Haltestelle. „Sehen wir uns morgen", fragte er. Die beiden verabredeten sich zu einem Spaziergang, denn Michael wohnte im gleichen Stadtteil.

Am nächsten Nachmittag wartete er bereits am ausgemachten Treffpunkt auf Elisa. Sie gingen im nahe gelegenen Park spazieren. Michael war schon 18 Jahre alt und arbeitete unter Tag wie so viele Männer. Er schimpfte mächtig über seine ausländischen Kollegen, vor allem Türken schienen er ihm angetan zu haben. Er wurde richtiggehend aggressiv. Elisa fand seine Ansichten seltsam, schließlich hatte man die Gastarbeiter ins Land geholt und sie machten ihre Arbeit nicht schlecht. Überhaupt hatte sie sich das Zusammensein anders vorgestellt. So trennte man sich, ohne dass Elisa auf eine neue Verabredung einging. „Tut mir leid, aber ich muss im Moment so viel lernen und meine Eltern sind ziemlich streng. Ich habe mich heute mit Müh und Not weggeschlichen."

Ein paar Wochen später trafen sich die beiden zufällig wieder. Elisa war wieder einmal mit Judith zusammen in der Disco, plötzlich stand Michael vor ihr. „Hallo", sichtlich verlegen begann er das Gespräch. „Du, neulich, das tut mir leid. Ich hab′ mich blöd benommen."
„Ach was, das ist schon in Ordnung."
„Ich hätte dich gerne zu einem Eis eingeladen, aber ich hatte kein Geld. Deshalb war ich so schlecht drauf." Michael trat von einem Bein aufs andere. „Vielleicht hätte ich dir das sagen sollen."
Er tat Elisa wirklich leid. Sie konnte sich vorstellen, wie er sich gefühlt hatte, denn sie war

die meiste Zeit über blank, denn sie bekam gerade mal 5 DM Taschengeld in der Woche. Den Rest ihres Lehrlingsgehaltes behielten die Eltern. „Weißt du was, wir fangen einfach noch mal von vorne an", lächelte sie.

So kam es, dass Michael sie später zur Haltestelle brachte, wo die beiden der abfahrenden Straßenbahn hinterher sahen. „Mist, die nächste Bahn kommt erst in einer halben Stunde, das ist zu spät." Elisa fürchtete sich davor zu spät nach Hause zu kommen, denn Ilse war schon am Nachmittag ziemlich aggressiv gewesen.

„Wir können laufen. Wir haben sowieso die gleiche Richtung, und wenn wir durch den Stadtgarten gehen, dann ist es auch nicht so weit", schlug Michael vor.

„Meinst du?", fragte Elisa zaghaft.

„Ja sicher, oder traust du mir nicht?"

Die beiden machten sich auf den Weg, Elisa hakte sich bei Michael unter und kuschelte sich im Gehen an ihn. Der Stadtgarten war um diese Uhrzeit menschenleer. An einer Parkbank hielt Michael plötzlich an. „Setz dich hin!"

„Ich möchte lieber weiter, sonst komme ich doch noch zu spät."

„Setz dich, habe ich gesagt", Michael klang plötzlich wieder aggressiv. Mit klopfendem Herzen ließ sich Elisa sich auf die Bank sinken. Michael setzte sich neben sie und fasste ihr zwischen die Beine. „Das möchte ich nicht, bitte", sagte Elisa, mühsam um Fassung bemüht. In Wirklichkeit zitterte sie vor Angst. „Jetzt stell dich bloß nicht so an, du willst doch auch. Deshalb bist du ja mitgekommen." Dieses Mal schob er die Hand in ihr Höschen. „Aber ich habe es noch nie getan, bitte." „Das habe ich mir gedacht, dann bin ich dein Erster. Ich werde dir was beibringen", keuchte er. In heller Panik versuchte Elisa aufzustehen. „Ich möchte nach Hause gehen, sofort!" Michael packte sie im Genick. „Pass auf, entweder wirst du jetzt tun was ich sage, oder ich werde dir wehtun müssen. Du bist auf jeden Fall jetzt fällig." Er schüttelte sie, legte seine Hände enger um ihren Hals. „Los leg dich hin!" Weinend legte Elisa sich auf die Bank. Er fummelte an ihr herum, zog ihr das Höschen herunter, legte sich dann auf sie. Elisa kam die ganze Situation völlig unwirklich vor, als wenn es gar nicht sie wäre, die angstschlotternd und schluchzend hier lag. „Beine breit", kommandierte Michael, hantierte herum. Dann bewegte er sich auf ihr, tat ihr weh. Sie schloss die Augen, spürte Schmerz, Ekel, Demütigung. Weil sie sich nicht wehrte, vor Angst ganz starr und bewegungslos war, sich schuldig fühlte und gleichzeitig benutzt. Gleichzeitig kam ihr die Situation irreal vor, so als würde sie das alles nicht erleben. Endlich stand er auf, zog sie hoch, schlug ihr ins Gesicht. Anschließend packte er sie wieder im Genick. „Ich will jetzt abspritzen, nimm ihn in die

Hand und reib ihn. Was anderes kannst du sowieso nicht. Du blöde Kuh liegst da wie ein Brett." Elisa tat wie ihr geheißen, weinend und voller Horror. Er brauchte nicht lange, entspannte sich, ließ sie für einen Moment los. Sie nutzte die Gelegenheit, rannte um ihr Leben. Sie konnte nicht denken, kam sich beschmutzt vor. Blutend und völlig aufgelöst kam sie schließlich zu Hause an, wo sie eine erboste Ilse erwartete. Die Mutter schaute ihre Tochter kurz an, wusste was geschehen war und sagte: „Das hast du jetzt davon, du Sau, dass du dich mit Kerlen einlässt. Das kommt alles davon, wenn man sich wie eine Hure anzieht!" Elisa ließ sich auf einen Stuhl sinken und wimmerte vor sich hin. „Sei leise, du weckst deinen Vater auf", keifte Ilse entrüstet. „Heul nicht rum, wasch dich lieber und sieh zu, dass das Wasser richtig heiß ist. Das fehlte gerade noch, dass du dick wirst."

***

Für Elisa war nichts mehr wie früher. Sie schämte sich, kam sich beschmutzt und schuldig vor. Ilse hatte nicht mehr über den Vorfall gesprochen. Kalle hatte sich nur verwundert gezeigt, dass seine Tochter so spät nach Hause gekommen war. „Das ist doch sonst nicht deine Art."
Manchmal brach Elisa ohne Grund in Tränen aus oder wurde aggressiv und wusste selbst nicht genau warum. Sie ging nicht mehr aus,

sondern zog sich nach der Arbeit in ihr Zimmer zurück, lernte, hörte Musik oder las. Sie packte alle Liebesromane in eine Kiste und verstaute sie in einer Ecke. Liebe, das war eine Erfindung um möglichst viele Bücher und Songs zu verkaufen. Wenn Judith sie fragte, was los sein, oder ob sie nicht mit in die Disco kommen wolle, so erfand sie Ausreden, sprach von einem Freund, mit dem sie wegfahren würde oder schützte Kopfschmerzen vor. Auch fuhr sie nicht mehr per Anhalter und erklärte Judith niemals den Grund. Mit der Zeit sprach die Freundin sie kaum noch an und so ging diese Freundschaft auseinander.

„Spatz, heute ist unten wieder Tanz, was meinst du? Du bist lange nicht mehr mit deinem alten Vater aus gewesen." Kalle gab sich unternehmungslustig. „Lass mich in Ruhe, ich gehe nicht mit kranken alten Männern aus." Elisa würdigte ihn keines Blickes. Ilse mischte sich ein: „Wie redest du eigentlich mit deinem Vater. Gleich setzt es was, du dummes Gör." „Wie redest du denn mit Papa, pack dich mal an die eigene Nase. Lasst mich doch alle in Ruhe." Elisa schluchzte auf und verkroch sich in ihrem Zimmer.
Wenig später kam ihr Vater zu ihr: „Was ist denn los, Spatz? Vor einiger Zeit bist du immerzu weggegangen und ich habe mir deshalb Gedanken gemacht. Jetzt mache ich mir Gedanken, weil du dich nur in deinem Zimmer

vergräbst." Er versuchte ihre Schulter zu tätscheln, aber Elisa schüttelte seine Hand panisch ab. Sie konnte ihm doch unmöglich erzählen, was vorgefallen war. Dazu schämte sie sich viel zu sehr. Die Reaktion ihrer Mutter hatte sie genug verletzt. Was würde passieren, wenn ihr Vater genau so schlecht von ihr denken würde? Hilflos den Kopf schüttelnd ließ Kalle sie allein. Er verstand die Welt nicht mehr. Sein kleines Mädchen war plötzlich zu einem unberechenbaren, launischen und aggressiven Teenager geworden. Besonders schlimm war, dass Elisa sich bei jeder Gelegenheit mit Ilse anlegte, was nicht besonders schwierig war. Ilse, selbst launisch und unberechenbar, schien nur darauf zu warten. So zofften sich Mutter und Tochter fast täglich. Wenn Kalle versuchte zu vermitteln, so hackten beide auf ihm herum. So hielt er sich möglichst bedeckt.

Ungefähr ein halbes Jahr später, nach einem heftigen Streit mit Ilse, nahm Elisa unauffällig alle Schlaftabletten die sie finden konnte mit in ihr Zimmer, löste sie in einem Glas Wasser auf und trank alles bis zum letzten Tropfen aus. Eigentlich gab es keinen konkreten Anlass, denn der Streit war nicht heftiger als sonst auch. Elisa hatte einfach ein Gefühl des Überdrusses. Sie wollte nicht mehr leben, nicht mehr den Ekel vor sich selbst spüren, ihrem Vater nicht mehr wehtun und selber

137

keine Verletzungen mehr haben. Die Tabletten, es waren zwei volle Packungen, wirkten schnell. Zuerst wurde ihr schwindelig, dann wurde alles irgendwie unwirklich und letztendlich schwarz.

***

Sie kam nur mühsam zu sich, hatte großen Durst. Die Zunge klebte am Gaumen. Der Hals tat weh, in den Armen steckten Nadeln mit Schläuchen. Alles um sie herum schien verzerrt, verschwommen und unwirklich. „Papa", wollte sie rufen, doch bis auf ein krächzen kam kein Ton aus ihrer Kehle. Sie wollte sich bewegen, aufstehen, aber das ging nicht. Resigniert gab sie auf, dämmerte wieder ein.

Viel später und viel klarer:

Elisa lag in einem Gitterbett, an Händen und Beinen festgebunden. Der Durst war noch da, dieses Mal beugte sich eine Krankenschwester über sie. „Du hast wohl Durst?", mit diesen Worten hielt sie Elisa eine Teetasse an die Lippen. „Wenn du eine Weile ruhig liegen bleibst, dann binde ich dich los. Du bist doch jetzt hoffentlich vernünftig."

„Wie – so?"

„Deine Eltern haben dich hier her gebracht, wenn du das fragen willst. Du bist im Krankenhaus und du hast Glück gehabt. Es war noch nicht zu spät, um dir den Magen auszupumpen."

Ilse hatte Elisa bewusstlos aufgefunden. Kalle, Böses ahnend, bemerkte das Fehlen der Schlaftabletten und fuhr seine Tochter sofort ins Krankenhaus, wo man ihr der Magen auspumpte.

Später bekam Elisa ihr Bett zugewiesen. Sie fühlte sich immer noch benommen und zerschlagen, doch bemerkte sie sehr wohl, dass sie sich in der geschlossenen Abteilung des Krankenhauses befand. Sie teilte das Zimmer mit drei etwas merkwürdigen Frauen. Eine von ihnen stand mitten in der Nacht auf, kramte die Reisetasche einer anderen Patientin aus dem Schrank, setzte sich hinein und fing an zu singen. Da sie ziemlich dünn und klapperig war, passte sie tatsächlich in die Tasche, sodass nur ihr Oberkörper herausguckte. Die Patientin, der die Tasche gehörte, fing an zu schreien, sie wolle ihre schöne Tasche nicht abgeben, was die Nachtschwester auf den Plan rief. Allerdings gelang es erst unter Mithilfe eines Pflegers, die Frau wieder aus der Tasche zu heben.

Am nächsten Tag hatte Elisa ein Arztgespräch. „Da wolltest du deinen Eltern wohl einen Schreck einjagen, was", sagte er grinsend.

„Ja", Elisa hätte alles gesagt, um aus dieser merkwürdigen Station entlassen zu werden. „Es tut mir auch alles schrecklich leid und es wird nicht noch einmal vorkommen." Sie wies auf ihre zerstochenen Arme. „Meinen sie sowas würde ich mir noch mal einhandeln?"

Der Arzt schaute sie prüfend an: „Und hast du eine Freundin, der du das erzählen wirst?"

„Ja klar, meiner besten Freundin erzähle ich alles." Das war glatt gelogen.

„Vielleicht kannst du morgen schon nach Hause, dir fehlt ja weiter nichts", stellte der Doktor fest.

Im Krankenzimmer wartete Ilse bereits. „Was machst du bloß", rief sie aus. „Dein Vater hat nicht mehr geschlafen und nicht mehr gegessen! Wie kannst du uns das antun. Ich habe die ganze Zeit Herzschmerzen, nur wegen dir!" Düster schaute Elisa sie an, wagte aber nichts zu sagen, da sie befürchtete sonst nie hier herauszukommen. Eine Patientin mischte sich ein. Sie setzte sich auf Elisas Bett und nahm ihre Hand. „Kind, du bist noch so jung. Wie kannst du versuchen dich umzubringen. Denk doch nur welche Abenteuer du noch erleben kannst, wie viel Spaß du haben könntest und wie glücklich du werden kannst. Das willst du einfach so wegwerfen? Schau mich an. Ich bin alt, ich bin krank und manchmal ziemlich durcheinander. Aber ich stehe das durch. Willst du wirklich, dass alles vorbei ist? Dass du nichts mehr spürst? Selbst wenn es dir schlecht geht, so fühlst du doch. Ich weiß nicht, was passiert ist, aber glaub einer alten Frau: Das kriegst du ganz bestimmt hin. Das größte Unglück geht irgendwann vorbei." Sie ließ Elisas Hand los. „Und jetzt versprich mir, dass du dich hier nie wieder blicken lässt."

„Ja, das verspreche ich", murmelte Elisa leise. Etwas passierte mit ihr, ließ alle mühsam aufgebauten Mauern in ihrem Inneren brechen. Ließ sie weinen, richtig weinen, erleichternd und alles hinwegspülend. Während sie schluchzte, tätschelte die fremde Frau ihren Rücken. „Na, na, na, so schlimm ist das doch nicht", brummelte sie, während Ilse bemüht geschäftig Elisas Sachen ordnete.

Elisa erzählte niemandem von all dem. Nicht von der Vergewaltigung, nicht von dem Selbstmordversuch. Sie konnte es einfach nicht, schämte sich zu sehr. Mit der Zeit wurden die Gedanken an all die Geschehnisse erträglicher, sie lernte damit umzugehen. Die Wunden auf ihrer Seele vernarbten. Sie spürte nur noch manchmal einen dumpfen Schmerz.

Kalle verstand nie, warum seine Tochter die Tabletten genommen hatte und er sprach sie nie darauf an.

***

„Hallo, ich bin Annerose van der Heidt, du kannst mich auch Anne nennen." Das blonde, grobknochige Mädchen schüttelte Elisas Hand, als wolle es sie so vom Arm reißen. „Ich bin hier neu, heute ist mein erster Tag und wir arbeiten in dieser Abteilung zusammen, ich bin sozusagen im ersten Lehrjahr, bist du auch in der Lehre, ich bin so aufgeregt …", an dieser Stelle ging ihr die Puste aus. Elisa grinste die Neue an. Sie war inzwischen in die Registratur versetzt worden, und heil froh der Buchhaltung mit den stocksteifen Damen entkommen zu sein. „Ich bin Elisa Jollenbeck, im zweiten Lehrjahr", stellte sie sich vor. „Schön, dass du hier bist."

Das seltsame Mädchen war ihr auf Anhieb sympathisch, zumal es direkt nach einer ungestörten Ecke fragte. „Mein Vater weiß nicht, dass ich rauche, er würde mich erschlagen, glaube ich", hier seufzte Annerose tief. „Er achtet auch immer darauf, dass ich alles aufesse, dabei bin ich eh zu dick. Aber ich stecke mir nach dem Essen einfach den Finger in den Hals, dann kommt alles wieder raus. Und ich nehme das hier", verschwörerisch zog sie ein Pillendöschen aus der Rocktasche und öffnete es. „Abführmittel, zur Entwässerung, zur Entkrampfung, Schmerzmittel", zählte sie auf. Elisa staunte. „Du meine Güte, nimmst du die alle?"

„Ja was meinst du denn? Ich bin als Steißlage angewachsen zur Welt gekommen. Ich hatte immer schon Probleme."

Steißlage angewachsen, mit diesem Ausdruck konnte Elisa nichts anfangen, guckte aber vorsichtshalber mitleidig. Dass Annerose bei der Pillenanzahl Probleme hatte, glaubte sie sofort. Trotzdem mochte sie das Mädchen und die beiden wurden bald unzertrennlich.

„Hey, kommst du mit zur Demo? Die Bogestra hat die Fahrpreise erhöht. Wir setzen uns auf

die Schienen. Ist eine Aktion roter Punkt."
Elisa war Feuer und Flamme.

„Ja, cool, wann soll das denn steigen?" Auch
Annerose fühlte sich stark.

„Unser Kommu hat da was angeleiert, wir
machen das nach der Schule. Das passt genau
mit der Demo."

In Elisas Berufsschulklasse gab es tatsächlich
einen Kommunisten, der sich heiße Rededuel-
le mit dem Politiklehrer lieferte. ‚Kommu'
leierte öfter Proteste an. Wenn Elisa sich auch
nicht mit allen seinen radikalen Ansichten
anfreunden konnte, so hatte vieles was er sagte
Hand und Fuß. Sie las das ‚Kapital', der Star-
schnitt an der Wand hatte einem Poster von
Che Guevara Platz gemacht. Statt der ‚Bravo'
kaufte sie sich die 'Rote Fahne', schrieb sich
mit Briefreunden in Afrika und engagierte sich
für die Friedensbewegung. Sie wollte die Welt
verändern, und war erst einmal dagegen. Niemals wollte sie so werden wie die Generation
der Eltern, so spießig und borniert. So wenig
tolerant allem Neuen und Fremden gegenüber.
Ihr Leben sollte etwas ganz besonderes werden und sie wollte alles richtig machen. Sie
wollte etwas bewegen, ihr Leben sollte einen
Sinn haben. Jetzt jedenfalls ging es erst mal
zur Demo gegen die Fahrpreiserhöhung der
Straßenbahngesellschaft.

So saßen Annerose und Elisa zusammen mit
Schülern, Studenten und anderen Lehrlingen
am Nachmittag in der Innenstadt auf den

Schienen. Es war ordentlich was los, die Straßenbahn kam beim besten Willen nicht durch. „50 Pfennig Einheitspreis", „Kampf der Preistreiberei", oder schlicht und ergreifend „verdammte Bonzenschweine", hörte man von allen Seiten. Überall sah man den ‚roten Punkt', das Logo der Aktion. Das war aufregend, die Mädchen kamen sich unglaublich cool vor. Dann allerdings hörte man über den Protestchören den Ruf: Die Bullen kommen! „Ich glaube wir sollten mal lieber Schluss machen", meinte Anne. Elisa ließ sich nicht ungern überreden, das Weite zu suchen. Auf dem Heimweg, natürlich mit der Straßenbahn, stellten beide fest, dass sie wirklich etwas getan hatten. „Denen haben wir es aber wirklich gezeigt, was."

„Ja, wir können uns schließlich nicht alles gefallen lassen." Elisa setzte noch eins drauf: „Meistens fahre ich sowieso schwarz."

„Wirklich, das traue ich mich nur, wenn wir zur Berufsschule fahren", meinte Annerose. „Dann ist die Bahn so voll, dass es gar nicht möglich ist zu kontrollieren."

„Sag das nicht, aber wenn ein Kontrolleur zusteigt, dann hat man immer noch die Gelegenheit, das Ticket zu entwerten, ehe der sich durchgewurstelt hat." Elisa verdrehte die Augen. „Stell dir mal sowas vor. Letztens, als ich unterwegs zur Schule war, ist Folgendes passiert: Ich halte mich ja sowieso immer in der Nähe des Automaten auf. Sicher ist sicher. Da schreit doch so eine Dumpfbacke ‚Vorsicht Kontrolle' und ich entwerte das Ticket direkt. Ja Pustekuchen, da hat sich einer einen Spaß gemacht. Ich habe das Ticket ganz umsonst entwertet."

***

Der Zufall wollte es, dass die evangelischen Schüler aus den Klassen der Mädchen gemeinsam den Religionsunterricht besuchten. Was war also naheliegender, als den langweiligen Unterricht sausen zu lassen und die Stunde lieber in der gegenübergelegenen Kneipe zu verbringen. Für eine Cola reichte das Taschengeld immer, Zigaretten kaufen die Mädchen zusammen und teilten sie sich schwesterlich. Der eine oder andere Schüler schloss sich an und bald waren mehr Schüler in der Kneipe als im Reli-Unterricht. Das ging eine Weile gut. Bis eines Tages der Rektor in der Kneipentür stand. Annerose und Elisa retteten sich in die Toilette. „Das wäre noch einmal gut gegangen!" Elisa steckte vorsichtig den Kopf durch einen Türspalt. Annerose, ganz mutig, schlüpfte hinter ihr zur Tür hinaus. Sie lief dem Rektor direkt in die Arme. „Name? Firma?", fragte er knapp. Die Mädchen stotterten ihre Namen heraus und kamen nicht einmal auf die Idee eine falsche Angabe zu machen. „Sie hören von uns", mit diesen Worten verließ der Rektor das Lokal.

Ein paar Tage später wurden die beiden zum Seniorchef zitiert. Wenn man Anton sonst bis auf den Flur hören konnte, so drang Geschrei dieses Mal bis auf den Hof.

„Abreibung?" fragte ein Geselle grinsend, als Elisa und Annerose mit roten Ohren wieder Richtung Werkstattbüros gingen. Elisa schaute zu ihm hoch: „Du bist neu, nicht wahr?"

„Ja", war die lapidare Antwort.

„Der ist nett", flüsterte Annerose im Weitergehen, „aber nicht so nett wie mein Mario." Mario Meier arbeitete in der Werkstatt, hatte bereits ausgelernt und bemühte sich sehr um Anne.

„Ich weiß nicht", entgegnete Elisa. „Ich möchte keinen festen Freund. Ich will lieber weiter zur Schule gehen und dann hier weg. Am liebsten würde ich nach Afrika gehen und helfen. Etwas wirklich Sinnvolles aus meinem Leben machen." Annerose grinste: „Ich habe doch nur gesagt, dass der neue Geselle nett ist, weiter nichts." Die beiden waren am Leitstand angekommen, wo Annerose zurzeit arbeitete.

„Tschüss, bis nachher und der ist doch nett und guckt dich immer an", mit diesen Worten erklomm sie die Metalltreppe. Wie immer stand am Fuß der Treppe ein Geselle und schaute ihr versonnen hinterher.

Der Platz am Fuß der Treppe, die zum Leitstand hinauf führte, war heiß begehrt. Hier stand das Gerät, mit dem man die Reifen auswuchtete. Von diesem Platz aus konnte man den Mädchen, welche die Treppe mehrmals am Tag hinauf und herunter liefen in aller Ruhe unter den Rock gucken. Es war zuweilen erstaunlich, wie viele Reifen ausgewuchtet werden mussten. „Heute trägt sie was in rosa und knapp", solche Aussagen erhöhten die Arbeitsleistung enorm.

Elisa ging noch ein Stückchen weiter, sie war ins Werkstattbüro versetzt worden und mochte es dort zu arbeiten. Allerdings durfte man nicht zimperlich sein. Die Schlosser kamen öfter einmal auf recht makabre Ideen. So war an diesem Tag eine tote Maus durch die Rohrpost hin- und hergeschickt worden, jedes Mal in einer Kartusche verstaut und zusätzlich in einen Beleg verpackt. Als wirklich keiner mehr auf diese Mäusebombe hereinfiel, kam einer der Schlosser auf die Idee, einem Kollegen die Maus in die Butterbrotdose zu packen. Der arme Kerl brachte nach diesem Vorfall seine Butterbrote nur noch in Frischhaltefolie verpackt mit.

„Du bleibst mittags in der Kundenannahme und vertrittst den Kollegen während seiner Pause." In der Mittagszeit war nicht viel los und so vertrat ein Lehrling den sonst dort sitzenden Angestellten. Elisa machte das ganz gerne, denn hier hatte sie mit Kunden zu tun und gleichzeitig Kontakt zur Werkstatt.

„Hallo, sitzt du jetzt hier?" Der neue Geselle kam in die Annahme und stupste Elisa sanft an. „Hände weg, Kollege. Ich bin nur über Mittag hier." Elisa klopfte ihm auf die Finger. „Ist ja gut, ich bin Alfred und du heißt Elisa, woll?"

„Ach, das weißt du auch schon?" Elisa gab sich kratzbürstig.

„Ich habe mal rumgefragt. Der Mario Meier ist doch mit deiner Freundin zusammen? Vielleicht können wir ja mal zu viert weggehen?"

„Danke, kein Interesse", sagte Elisa kurz angebunden.

„Vielleicht kann ich dich nach Hause fahren?"

„Nö, ich nehme die Straßenbahn."

In der nächsten Zeit kam Alfred jeden Mittag in die Annahme, um sich ein wenig mit Elisa zu unterhalten. Jedes Mal fragte er sie zu Abschluss des Gesprächs, ob er sie nach Feierabend nach Hause fahren dürfe und immer lehnte Elisa das ab.

„Zur Abwechslung könntest du mal nett zu dem armen Kerl sein", mischte sich Anne schließlich ein. „Mario sagt, er wäre ganz verzweifelt, dass du ihn immer abblitzen lässt. Lass dich doch einfach mal nach Hause fahren, der beißt schon nicht. Vielleicht gefällt er dir dann ja auch."

„Ach ich weiß nicht", murmelte Elisa unentschlossen.

„Sei nicht feige, der hat eine Chance verdient!"

***

„Was", Alfred glaubte, nicht richtig zu hören. „Ja klar kannst du mich nach Hause fahren", wiederholte Elisa. „Ich warte dann an der Straße auf dich, damit das nicht jeder mitbekommt." Elisa seufzte innerlich, Annerose hatte unbeabsichtigt ein wahres Wort gesagt. Immer konnte Elisa sich nicht verstecken und jeden näheren Kontakt mit dem anderen Geschlecht vermeiden. Überhaupt, feige war sie schon gar nicht! Also stieg sie nach Feierabend in Alfreds roten Käfer. „Du hast aber breite Reifen drauf und das Lenkrad ist wohl ein Sportteil? Das ist ziemlich klein. Bastler, was?" Alfred grinste: „Gut, woll, ist zwar nicht im Schein eingetragen, fährt sich aber affengeil." Die beiden verstanden sich auf Anhieb und so fuhr Alfred Elisa fast jeden Tag nach Hause. Manchmal nahm er ihre Hand, hielt sich aber bemerkenswert zurück.

Den Durchbruch erzielte Alfred, als er, völlig überraschend, mit 6 Nelken aus dem Blumenautomaten zu Ilses Geburtstag erschien. Elisa hatte ihm von der Geburtstagsfeier erzählt, aber nicht mit seinem Erscheinen gerechnet. „Nein, welch ein wohlerzogener junger Mann", flötete Ilse und lud Alfred kurzentschlossen zu der Feier ein. Kalle war da ganz anderer Ansicht. „Wie der Kerl dich anguckt, Spatz. Wenn er aufdringlich wird, so sag mir einfach Bescheid." Nach der Feier brachte Elisa Alfred zum Hoftor, das um diese Zeit bereits abgeschlossen war. „Das war wirklich nett, das hätte ich gar nicht vor dir erwartet." Alfred trat von einem Bein auf das andere. „Also eigentlich hat Mario mir dazu geraten. Er meint, dass man sich hinter die Mutter klemmen sollte, um an die Tochter ran zu kommen." „Und … bist du jetzt an mich rangekommen?", fragte Elisa interessiert. „Das werde ich sofort feststellen", mit diesen Worten nahm Alfred sie in die Arme, und Elisa schloss die Augen.

Da Anneroses Mario und Alfred gut befreundet waren, traf man sich öfter zu viert. Die Jungen bastelten an ihren Autos herum, während die Mädchen die Köpfe zusammensteckten.

„Es ist passiert", strahlte Annerose.

„Nein, echt? Und es hat dir gefallen?" Elisa konnte es nicht fassen.

„Ja, er ist so vorsichtig gewesen. Jungfrau bin ich sowieso nicht mehr. Ich hab schon mal mit meinem letzten Freund, unter der Decke, am Kanal. Das hat mir überhaupt nicht gefallen. Ehe ich was gemerkt habe, war der schon fertig."

„Hast du das Mario erzählt? Was hat er dazu gesagt?"

Annerose grinse verschwörerisch. „Ja spinnst du denn? Ich habe ihm gesagt er wäre mein Erster."

„Das glaube ich jetzt nicht", Elisa war fassungslos, „und er hat dir das abgenommen? Ist Mario so doof?"

„Ich habe ihm erzählt, dass ich mich aus Versehen mit einem Tampon selbst entjungfert habe. Ich habe so treu geguckt, da hat er mir geglaubt. Mario glaubt mir alles."

„Okay, er ist doof", entgegnete Elisa trocken. „Was ist mit deinem Alfred? Habt ihr´s schon getan?"

„Er möchte schon gerne, aber ich traue mich nicht. Knutschen ist ja in Ordnung, aber weiter möchte ich nicht gehen. Ich weiß nicht, woran es liegt, aber irgendwie fehlt da etwas. Es ist ganz schön, wenn er mich küsst, aber ich habe mir das anders vorgestellt."

„So, wie denn anders?"

Elisa war ratlos. „Ich kann das gar nicht beschreiben. Früher habe ich immer geglaubt, dass es wenigstens ein Erdbeben geben würde, wenn ich geküsst werde, oder ein Feuerwerk. Mit Alfred brennt gerade mal ein Streichholz." Annerose tippte sich an die Stirn. „Du spinnst ganz schön. Erdbeben, Feuerwerk. Probier´s doch einfach mal aus, vielleicht zündet dein Feuerwerk dann."

„Meinst du? Vielleicht hast du Recht. Ich sollte es einfach ausprobieren."

„Also ich werde mir die Pille verschreiben lassen", erklärte Anne ganz cool. „Habe einen Arzt aufgetan, der verschreibt sie dir ohne Einverständnis der Eltern. Mein Vater würde ausflippen, wenn er das wüsste. Wenn du möchtest, dann gehen wir zusammen hin. Und überleg es dir, lass deinen Freund nicht zu lange zappeln."

Allerdings ließ Elisa Alfred zappeln, aber nicht aus taktischen Gründen. Sie hatte einfach Angst. Obwohl Alfred versuchte, sie mit allen Mitteln zum Sex zu überreden, kam er nicht so recht voran.

Heute sollte es etwas werden, denn Alfred hatte sich überlegt mit Elisa zu den nahe gelegenen Kiesgruben zu fahren. Dort war es einsam und ein bisschen romantisch, jedenfalls fand er das. Hier wollte er sie in Ruhe verführen. Für eine ausreichende Menge Kondome hatte er gesorgt, so konnte eigentlich nichts schief gehen. Eigentlich wollten die beiden eine Disco besuchen, aber das würde er schon hinkriegen. „Ich wäre so gerne allein mit dir", flüsterte er Elisa ins Ohr, als sie sich vor der Disco umarmten. „Mir ist da ein Platz eingefallen, wo wir das wären." Elisa dachte an das Gespräch mit Annerose und stimmte zu. Im Übrigen hatte Alfred sie neugierig gemacht.

So parkte der rote Käfer nach einer kurzen Fahrt am Baggersee. „Schön hier, woll." Alfred zog Elisa näher zu sich heran. „Hier sind wir ganz ungestört, du kannst dich entspannen", raunte er und fing an, sie zu streicheln. Heute schien Elisa sich nicht zu zieren, sie erwiderte seine Küsse, schien seine Zärtlichkeit zu genießen, streichelte ihn ihrerseits.

„Wenn du dich quer auf die Sitze legst, dann haben wir es bequemer", riet Alfred nicht ganz uneigennützig. Elisa folgte seinen Wünschen, fuhr aber wieder hoch, denn der Handbremshebel pikte im Rücken. Auch jetzt wusste Alfred Abhilfe, er löste die Handbremse, der Hebel war aus dem Weg, Elisa konnte sich ganz bequem auf die Sitze legen. Jetzt nur nichts überstürzen. Alfred legte sich zu ihr, knöpfte ihr langsam die Bluse auf und streichelte ihre Brüste. Die Sache kam in Fahrt – und wie. Alfred hatte zwar die Handbremse gelöst, aber vergessen einen Gang einzulegen. So rollte der Käfer erst langsam, dann immer schneller Richtung Kiesgrube und ins Wasser. Alfred sprang aus dem Auto, Elisa tat es ihm gleich, stand sofort bis zur Taille im Wasser und Schlamm. „Na prima", sie krabbelte an Land und setzte sich kladdernass auf einen Stein. Alfred, sichtlich abgekühlt, hopste am Ufer herum. „Mein Auto, mein schönes Auto", jammerte er. Der Käfer stand bis zu den Radkästen im Wasser. „So kriege ich den Wagen niemals aufs Trockne." Alfred schien sich einigermaßen zu beruhigen. „Ich gehe zurück zur Straße und schaue, ob ich jemanden finde, der die Karre aus dem Dreck ziehen kann." Ohne Elisa zu beachten, machte er sich auf den Weg. Er hatte Glück, ein junger Mann mit einem Ford hielt an. Er erklärte sich bereit den Käfer aus dem Morast zu ziehen, was ein erfolgloses Unterfangen war, das Auto steckte fest. Mit einem bedauernden Schulterzucken fuhr er weg, ließ eine bibbernde Elisa und einen verzweifelten Alfred zurück. „Wir sind doch vorhin an einem Bauernhof vorbeigekommen. Meinst du, der Bauer könnte den Wagen mit dem Trecker aus dem Schlamm ziehen?", überlegte Elisa. Sie hatte inzwischen blaue Lippen, ihr war es unglaublich kalt, doch davon ließ Alfred sich nicht beeindrucken. „Gute Idee, bleib du mal schön gemütlich hier sitzen, woll. Ich gehe rüber zu dem Hof."

Nach einiger Zeit kam er tatsächlich mit Bauer und Traktor zurück, es gelang, den Käfer aufs Trockene zu ziehen. VW war, oder ist, bekanntlich eine deutsche Wertarbeit. Hier bewies der Käfer seine Qualitäten, er sprang nach einigen Versuchen an. Zwar schwappte das Wasser während der Fahrt von vorne nach hinten, aber das Auto fuhr. Alfred brachte Elisa, viel zu spät, nach Hause. Er verabschiedete sich schnell vor der Haustür, denn er wollte sein Auto so schnell wie möglich trockenlegen. Vorsichtshalber zog Elisa im Hausflur ihre nassen Schuhe aus und schlich, die Schuhe quasi als Entschuldigung vor sich hertragend, ins Wohnzimmer, wo die wutschnaubende Ilse sie bereits erwartete. „Hast du noch immer nicht genug?", mit diesen Worten ohrfeigte sie ihre Tochter kräftig. Da halfen auch keine Entschuldigungen, Elisa nahm die Schläge hin und verzog sich anschließend in ihr Zimmer.

Annerose schüttelte sich aus vor Lachen, als Elisa ihr die Geschichte erzählte. „Da ist dein Feuerwerk aber ins Wasser gefallen, was?"

„Anne, es nutzt nichts, ich kann Alfred nicht länger hinhalten und ich will das auch gar nicht. Wie war das noch mit dem Arzt? Wegen der Pille, meine ich. Alfred hat zwar immer Kondome dabei, aber das ist mir zu unsicher." Elisa hatte zwar immer noch Angst, aber ihr war klar, dass sie Alfred verlieren würde, wenn sie weiter so abweisend blieb. Das hatte er ihr deutlich genug zu verstehen gegeben. Im Übrigen hatten die meisten ihrer Bekannten und Kolleginnen schon längst ihre Erfahrungen gemacht. Elisa kam sich vor, wie die letzte, zurückgebliebene Jungfrau.

„Ja, es nutzt nichts. Ich muss auch endlich hin." Annerose war sich wohl doch nicht so sicher gewesen, was den Arzt anbetraf. „Ach, ich dachte du nimmst schon lange die Pille?" Jetzt wurde die Freundin rot. „Bis jetzt haben wir Kondome benutzt. Aber stell dir mal vor; neulich waren wir abends am Kanal. Mario war auch schon zugange, da hat einer zur Scheibe herein geschaut. Was soll ich sagen, Mario hat sich so erschreckt, dass er das Kondom verloren hat." „Wie jetzt, verloren", Elisa war etwas schwer von Begriff. „Was glaubst du, was das für ein Akt war, das Ding wiederzufinden! Ich kann doch unmöglich zum Gyn gehen, ihm erzählen, dass mein Freund ein Kondom verloren hat und ihn bitten, es zu suchen." Elisa hatte endlich begriffen und platzte laut heraus. „Ja, du hast gut lachen", Annerose grinste. „Wir lassen uns einen Termin geben und gehen zusammen zum Arzt, ja. Wir bequatschen ihn so lange, bis er uns die Pille verschreibt."

Das Gespräch erwies sich als völlig unkompliziert, denn der Arzt hatte Verständnis und verschrieb den Mädchen die Pille, ohne mit der Wimper zu zucken.

Diese Hürde war genommen, jetzt musste sie sich nur noch trauen. Elisa atmete tief ein. Irgendwann musste es ja passieren, warum also nicht mit Alfred. Er war eigentlich immer lieb, manchmal ein wenig grob, aber das nie absichtlich. Im Übrigen war Elisa wirklich gerne mit ihm zusammen. Zudem hatte er ihr bei mehr als einer Gelegenheit gesagt, dass er sie liebe. Liebe – Elisa war sich nicht sicher, ob es so etwas überhaupt gab. Ihre Eltern jedenfalls waren ein schlechtes Beispiel. Sie verletzten sich nach wie vor bei jeder Gelegenheit. Manchmal kam es Elisa so vor, als würde sie einen Krieg miterleben. Jeder der beiden saß in seinem Schützengraben und wartete, bis der Andere seine Deckung vernachlässigte, um ihm dann so fest wie möglich wehzutun. So wollte sie niemals werden.

„Ich nehme die Pille, wenn du möchtest, dann können wir Sex haben." Elisa war da ganz unromantisch, was Alfred aber nicht störte.

An einem der nächsten Tage steuerte er das Kanalufer an. Hier war ein bekannter Treffpunkt für Liebespärchen, die ungestört sein wollten. Er hielt sich nicht lange mit Zärtlichkeit auf, kam schnell zur Sache. Schließlich hatte er lange genug gewartet. Zu ihrer Überraschung stellte Elisa fest, dass es nicht so unangenehm war, wie sie es erwartete hatte. Sicher tat ihr Alfred weh, aber das ließ sich aushalten. Ansonsten empfand sie nichts, war froh, wenn er von ihr abließ.

„Ich habe meine Erfahrungen. Glaub mir, du wirst es schon noch toll finden", meinte er, als sie versuchte, mit ihm darüber zu reden. Also beschloss Elisa abzuwarten. Schließlich erzählte Annerose ihr häufig, wie schön der Sex wäre und wie sehr sie es genießen würde. „Bestimmt liegt das an mir, ich bin irgendwie nicht normal", dachte Elisa für sich. Alfred war zufrieden, wenn sie hin und wieder an den Kanal fuhren und so unangenehm war es ja schließlich auch nicht.

***

„Deine Eltern waren heute im Laden", sagte der nette Verkäufer zu der verblüfften Elisa, die er extra in die Abteilung gerufen hatte. „Und sie haben einen Vorführwagen gekauft, einen Kadett. Hier steht er, schau ihn dir mal an." Tatsächlich hatten Karl und Ilse beschlossen, ein neues Auto zu kaufen. Was lag da näher, als in dem Autohaus zu kaufen, in dem die Tochter ihre Ausbildung machte. Geld war zwar keines da, aber man konnte ja einen Kredit aufnehmen. Aus unerfindlichen Gründen hatten beide nicht dran gedacht, dass immer noch ein Schufa-Eintrag existierte, die Jollenbecks also nicht kreditwürdig waren. Diese Tatsache teilte der gar nicht mehr nette Verkäufer Elisa ein paar Tage später mit. Sie glaubte, vor Scham im Boden versinken zu müssen. Kalle war empört: „Ich hätte nicht gedacht, dass man bei Opel-Feucht so kleinlich ist. Schließlich habe ich 50 DM anbezahlt. Die bekomme ich aber wieder zurück, das sagst du dem Verkäufer, Kind. Sonst komme ich selber vorbei und dann ist aber was los." Der Verkäufer lief rot an, als Elisa ihn schüchtern auf die 50 DM ansprach. „Was denkt dein Vater sich eigentlich. So etwas habe ich noch nie erlebt und ich bin schon seit 20 Jahren Autoverkäufer." Betroffen tätschelte er Elisas Arm, denn sie war in Tränen ausgebrochen: „Ist schon gut, Mädchen. Du kannst ja nichts dafür. Wir zahlen das Geld wieder aus. Aber hör bitte auf zu weinen."

Zwischen Ilse und Kalle klappte nichts mehr. Immer öfter stritten sie, immer öfter schlief Ilse im Kinderzimmer. Hatte Kalle sie noch vor einiger Zeit gebeten, wieder mit ins Schlafzimmer zu kommen, riss er neuerdings die Zimmertür auf, zerrte Ilse wortlos hinter sich her.

Peter, der die Seefahrt an den Nagel gehängt hatte und kurzfristig als Kellner in Gelsenkirchen arbeitete, hielt sich möglichst aus den Streitigkeiten heraus, denn die Eltern vertrugen sich nach ein paar eisigen Tagen sowieso wieder. Peters Aufenthalt in Gelsenkirchen erwies sich zu Elisas Leidwesen als Durchgangsstation für ihren Bruder. Er zog bald nach Berlin, wo er eine Stelle als Kellner am Kudamm bekam. Elisa beneidete ihn, wie gerne wäre sie mit ihm weggezogen. Zwar war da immer noch Alfred, doch hatte sie sich die Liebe ganz anders vorgestellt, spürte oft eine unbestimmte Sehnsucht. Sie hätte nicht einmal sagen können, was ihr genau fehlte, aber ihr wurde immer klarer, dass sie es mit Alfred nicht finden würde.

Doch zunächst wollte sie ihre Lehre beenden, dann konnte man weiter sehen. Die Zwischenprüfung hatte sie problemlos hinter sich gebracht, sogar mit einem ‚gut‘ abgeschlossen. Jetzt musste sie nur noch die Abschlussprüfung bestehen.

***

„Ich kann nicht mitkommen, das geht nicht. Was ist, wenn ich die Einladung zur mündlichen Prüfung bekomme?"

Ilse ließ sich nicht beirren: „Und du fährst mit. Du glaubst doch nicht ernsthaft, dass ich dich hier alleine lasse. Wer weiß, was du mit deinem Macker zusammen alles anstellst. Nachher treibt ihr's noch hier." Kalle mischte sich ein: „Spatz, die Prüfungen werden bestimmt nicht während der Schulferien durchgeführt, da bin ich mir ganz sicher", und zu Ilse gewandt: „Sei endlich mal still, du hast schon genug gekeift." Erstaunlicherweise hielt die so Gescholtene tatsächlich den Mund.

„Meinst du, Papa? Keiner weiß den genauen Termin, das ist wirklich schlimm." Elisa ließ sich beruhigen. Sie hatte die schriftlichen Abschlussprüfungen bereits hinter sich und wartete auf den mündlichen Test. Die Firma würde sie nach abgeschlossener Ausbildung nicht übernehmen, dass stand bereits fest.

Die Jollenbecks hatten kurzfristig beschlossen Peter in Berlin zu besuchen, wobei Kalle bei Peter in Westberlin unterkam, während Ilse und Elisa im Ostteil der Stadt bei Hildegard, einer Cousine von Elisa wohnen würden. Hildegard war verheiratet und hatte eine kleine Tochter. Ilse würde Gelegenheit haben, ihre in der DDR lebende Schwester zu sehen und freute sich schon sehr darauf.

Die Fahrt verlief reibungslos, Ilse und Elisa quartierten sich bei Hildegard und ihrem Mann ein. Man fuhr mit der Bahn in das kleine Dorf, in dem Elisas Tante wohnte. Die äußerte einen schockierenden Verdacht: „Ich glaube Hildegard hat einen Freund. In der Beziehung klappt es nicht mehr so gut."

„Mit Seitensprüngen kenne ich mich aus." Ilse war durch solche Kleinigkeiten nicht zu erschüttern. „Ich rede mal mit ihr, vielleicht hilft das.“

Hildegard gab sich verstockt: „Ach, mein Dieter ist solch ein Bauer. Ich habe jemanden kenne gelernt, der hat Lebensart und Geld hat der auch.“ Jetzt war Ilse neugierig geworden: „Wer ist es denn, Kind? Willst du ihn mir vorstellen?“

„Ach, Tante Ilse, das ist ein Araber, der arbeitet im Westen und kommt zum Wochenende rüber in den Osten. Ich glaube nicht, dass du ihn sehen wirst.“

Ilse blieb der Mund offen stehen. „Wie kannst du nur, Kind. Mit einem Ausländer. Ist das etwas auch noch ein Moslem? Bist du verrückt geworden?“

Während Ilse und Hildegard sich die Köpfe heiß redeten, fühlte Elisa sich wie vom Blitz getroffen. Sie hatte Hildegards Ehemann gesehen und sich sofort zu ihm hin gezogen gefühlt. Sie fand ihn nett, lieb und sehr sanft, er kam ihr gar nicht tölpelhaft vor. Elisa bekam jedes Mal eine Gänsehaut, wenn er sie zufällig berührte, dann schien die Luft zwischen ihnen zu knistern. Auch Dieter fand Elisa anziehend, er suchte ihre Gesellschaft, versuchte so oft wie möglich mit ihr allein zu sein. Doch es blieb bei zufälligen Berührungen und unausgesprochenen Gefühlen. Elisa traute sich nicht den Anfang zu machen und Dieter war sich seiner Verantwortung als Ehemann und Vater durchaus bewusst.

Am Abend vor der Abreise saß Elisa in Gedanken versunken auf der Fensterbank in der Küche. Dieter, der von der Arbeit kam, gesellte sich zu ihr. „Ich habe schon von draußen etwas Buntes im Fenster gesehen, das war dein Kleid. Ich dachte mir schon, dass hier ein besonders hübsches Blümchen sitzt." Elisa war ganz atemlos: „Ach Dieter ...", begann sie. „Ja, ich weiß, mir geht es genau so." Dieter zog sie in die Arme. „Wenigstens einmal möchte ich dich im Arm haben", sagte er und küsste sie sanft. Da war er, der Kuss, auf den Elisa so lange gewartet hatte. Der Kuss, der etwas in ihr zum Klingen brachte, der ein Feuerwerk der Gefühle verursachte. Aufgelöst löste sie sich von Dieter, der sie abrupt losließ und aus der Küche stürmte. Benommen blieb Elisa noch eine Weil sitzen. So konnte es also auch sein! Sie war gar nicht so gefühlskalt, es war bisher einfach nicht der Richtige gewesen. Beim Abschied war Elisa ganz krank vor Kummer.

Den letzten Abend wollte man in Westberlin verbringen. Peter hatte sich freigenommen. So gingen Eltern und Kinder zusammen aus. Am Ende des feucht-fröhlichen Abends kehrten die Jollenbecks in Peters Stammkneipe ein, wo sich Peter, gut mit dem Wirt befreundet, hinter dem Tresen zu schaffen machte. Elisa war nicht bei der Sache, sie versank in ihrem Liebeskummer. So bekam sie gar nicht mit, dass Ilse schon eine ganze Weile an der Theke bei einem erheblich jüngeren Mann saß und heftigst mit ihm flirtete. Kalle hockte mit grimmigem Blick am Tisch. Er trank einen Schnaps nach dem anderen. Als Ilse sich zu dem jungen Mann beugte, um ihm einen Kuss auf die Wange zu hauchte, sprang ihr Ehemann auf, packte sie von hinten am Kragen und zerrte sie von ihrem Flirtpartner weg. „Du Flittchen", brüllte er, „du knutscht hier nicht rum, während ich zuschaue!" Ilse kreischte, Kalle brüllte weiter Unflätiges, und Peter versuchte die beiden zu beruhigen, während Elisa still vor sich hin weinte. Schließlich buxierte Peter seine betrunkenen Eltern und die heulende kleine Schwester nach Hause, wo sich alle erst einmal ausschliefen. Die Heimfahrt am nächsten Tag verlief in eisigem Schweigen.

Zu Hause angekommen musste Elisa feststellen, dass die Prüfungen schon vor einer Woche gewesen waren. Ratlos fuhr sie zur Berufsschule und sprach beim Rektor vor.
„Dass jemand eine Woche zu spät zu seiner Prüfung aufläuft, habe ich noch nie erlebt", erklärte er. „Weißt du was, heute Nachmittag werden die Industriekaufleute geprüft. Sei doch pünktlich um 14 Uhr wieder hier, dann prüfen wir dich gleich mit."
Am Nachmittag war Elisa überpünktlich. Die Prüfung verlief gut, obwohl ihr die Knie vor Aufregung zitterten. Der Rektor lächelte sie

an, als er ihr zur bestanden Prüfung gratulierte: „Du bist wirklich die erste Person, die zu ihrer Prüfung zu spät gekommen ist. Trotzdem hast du alles gut hingekriegt." Mit einem schiefen Grinsen verabschiedete sich Elisa. War das jetzt ein Kompliment oder ein Tadel? Sie konnte es nicht sagen.

Mit dem Abschluss der Prüfungen endete das Beschäftigungsverhältnis bei der Firma Feucht, Elisa fühlte sich unendlich frei. Die Lehre war alles andere als schön gewesen, sie hatte versucht das Beste daraus zu machen, was ihr auch gelungen war. Doch wie sollte es weiter gehen? Eigentlich hatte sie sich darüber noch gar keine Gedanken gemacht. Die ständigen Streitereien der Eltern, die ständigen Reibereien mit Ilse. Elisa hatte das alles so satt. Was hielt sie noch hier? Alfred? Nein, der bestimmt nicht, dann würde sie schon eher Annerose vermissen. Kurz entschlossen rief sie Peter an: „Hi, großer Bruder, was würdest du dazu sagen, wenn ich zu dir nach Berlin komme?", fragte sie ein wenig atemlos. Peter schwieg eine unendlich lange Zeit, dann antwortete er: „Ich würde sagen, das wäre wirklich schön, denn dann hätte ich endlich wieder eine Familie."

***

Elisa saß im Zug und die Tränen liefen ihr über die Wangen, obwohl sie das gar nicht wollte. Eigentlich freute sie sich auf ihr neues, aufregendes Leben. Peter hatte eine Wohnung angemietet, in der jeder von ihnen ein Zimmer haben sollte, mit gemeinsamer Küchennutzung. Sie würden eine WG bilden.

Der Abschied ging ganz undramatisch über die Bühne. Ilse gab sich zunächst schockiert und prophezeite Elisa, sie würde „unter die Räder kommen", was immer das bedeuten sollte. Kalle war ganz still geworden, hatte Elisa aber auf allen Behördengängen begleitet und ihr Paket mit ihrer Aussteuer zur Post gebracht, die sie schon nach Berlin schickte.
Annerose hatte zusammen mit Elisa ein bisschen geweint. Anschließend hatten sie Abschied gefeiert, eine Flasche Wein zusammen geleert und sich gegenseitig versprochen, jede Woche zu schreiben, sich öfter zu besuchen und bei der Hochzeit der Freundin die Trauzeugin zu sein.
Blieb nur noch Alfred. Elisa verabredete sich mit ihm, setzte sich zu ihm in den Käfer. „Ich gehe nach Berlin, zu meinem Bruder."
„Ich habe mir schon gedacht, dass etwas nicht stimmt. Du hast dich in letzter Zeit kaum noch mit mir getroffen und warst so komisch, woll!" „Ach Alfred, es tut mir leid."

„Ist schon gut, vielleicht komme ich dich ganz schnell in Berlin besuchen. Ich muss ja zur Bundeswehr und gehe nach Hamburg."

Elisa nahm seinen Kopf in beide Hände und küsste ihn auf den Mund. „Es würde mich nicht wundern, wenn du plötzlich vor meiner Tür stehen würdest. Ich schreibe dir ganz bestimmt. Mach es gut, du." Sie stieg entschlossen und auch erleichtert aus dem Auto.

„Eins will ich dir aber mal sagen", rief er ihr hinterher, als sie schon auf der anderen Straßenseite war. „Du bist die erste Perle, die mir einen Laufpass gibt. Ich glaube das geht gar nicht."

An diesem Abend hatte Ilse ihre Tochter zum Zug begleitet. „Und einen schönen Gruß an deinen Bruder, er soll auf dich aufpassen. Nachher kommst du mir doch noch unter die Räder."

Elisa hielt die ganze Zeit über nach ihrem Vater Ausschau. Er hatte sich nicht von ihr verabschiedet, sondern schon am Morgen das Haus verlassen. „Papa kommt wohl nicht mehr?"

„Nein, dein Vater sitzt in der Kneipe und lässt sich volllaufen. Er wird so schnell nicht nach Hause kommen." Ilse zögerte einen Moment. „Es ist ja keiner mehr da, der ihn aus der Kneipe holt", komplettierte sie den Satz.

Die Räder des Zuges ratterten und Elisa wischte sich energisch über das Gesicht. Wie hatte die alte Frau im Krankenhaus gesagt:

‚Leben ist Abenteuer'.

Ihr Leben würde ganz besonders und einzigartig werden. Was könnte die Zukunft für sie bereithalten? Sicher würde es nicht immer einfach sein, aber Elisa war überzeugt davon, dass sie ihr Leben meistern würde. Und da war ja auch noch Dieter oder doch Alfred?

Aber das ist eine andere Geschichte.

Epilog

Was ist aus den Jollenbecks meiner Geschichte geworden?

Karl und Ilse haben nach so manchem Ehekrieg zueinandergefunden. Karl ist 65 Jahre alt geworden. Ilse erfreut sich bester Gesundheit, ist fast 90 Jahre alt und hält immer noch Ärzte und Verwandtschaft auf Trab, weil sie ein schwaches Herz hat. Ihre Zunge ist im Alter noch schärfer geworden.

Elisa hat ihr Glück gefunden, das hat allerdings fast 40 Jahre gedauert, denn sie hat sich öfter im Lebenslabyrinth verirrt, ist zuweilen in einer Sackgasse gelandet, hat aber immer ein Stück Schnur abgewickelt gehabt, an dem sie sich zurücktasten konnte.
Es waren letztendlich weder Dieter, noch Alfred, der im Mittelpunkt des Labyrinthes auf sie gewartet hat ...

Aber auch das ist eine andere Geschichte.

Angie Pfeiffer

Angie Pfeiffer, 1955 in Gelsenkirchen geboren, ist zum zweiten Mal verheiratet und lebt heute mit ihrem Mann im Münsterland.
Sie schreibt Unterhaltungsliteratur in Form von Romanen und Kurzgeschichten für Erwachsene sowie Kinderbücher.
Sie hat bisher 8 Romane, 1 Kinderbuch, 15 eBooks und zahlreiche Kurzgeschichten in Anthologien, Literaturzeitschriften und der Tagespresse veröffentlicht.

Home: angie-pfeiffer.com

Ruhrpottliebe

ISBN 978-3-8391-2885-5

Eigentlich wartet Elisa auf die ganz große Liebe, doch auf der Hochzeit ihrer besten Freundin läuft ihr der Ex wieder über den Weg. Alfred 'Freddy' Gimpel ist alles andere als ein Traumprinz, das hat Elisa schon vor einiger Zeit festgestellt. Trotzdem heiraten die beiden, doch was Elisa dann mit Freddys merkwürdiger Familie erlebt, spottet jeder Beschreibung und versetzt selbst die hart gesottenen Jollenbecks in Erstaunen.

Gelsenkirchen in den 70ern.Der zweite Teil der Ruhrpottsaga erzählt von Leben und Lieben zwischen Emscher und Rhein-Herne-Kanal.

Ruhrpottherzen

ISBN:9783735786494

Im dritten Teil der Ruhrpottsaga geht es turbulent zu. Elisa größter Wunsch erfüllt sich, sie bekommt das erste Kind. Sehr zu Alfreds Leidwesen. Nicht genug damit, verführt ihn Elisa, um ein zweites Kind zu bekommen.

Doch gerade dieser Sohn, Matts, bringt seinen Vater regelmäßig auf die Palme. Alfred kann sich häufig nicht beherrschen und schlägt das Kind. Als die Situation eskaliert, stellt Elisa Alfred ein Ultimatum.

Auch die Nachbarin Karin ist in ihrer Ehe nicht glücklich. Sie wirft ihren Mann kurzerhand hinaus. Bald lernt sie den Friedhofsgärtner Uwe kennen, doch der hat mehr Interesse an ihrer jüngsten Tochter, als an ihr.

Der dritte Teil der Ruhrpottsaga ist ein Roman
über
Macker und Tussis, Döppken und Blagen,
Hallas und Halligalli, Fissematenten, Sperenzkes,
und ein ganz schönes Schlamassel.

Ruhrpottabschied

ISBN: 9783738641295

Sieben Jahre sind seit ihrer Scheidung vergangen. Sieben Jahre, in denen Elisa sich gut in ihrem neuen Leben eingerichtet hat. Doch in der letzten Zeit muss sie immer öfter daran denken wie es wäre, sich neu zu verlieben. Als sie ihrer besten Freundin Annerose von ihren Sehnsüchten erzählt, winkt diese ab. Anne steckt mitten in einer Beziehung, in der es gewaltig kriselt. Schließlich überredet Elisa ihre Freundin, mit ihr zusammen eine virtuelle Kontaktanzeige aufzugeben.

Auch Lara, Elisas Ex-Schwägerin, ist in ihrer Ehe nicht glücklich. Doch im Gegensatz zu den Freundinnen sucht sie einen Mann zum Fremdgehen. Alle diese Aktivitäten können nur zu Verwicklungen und komischen Situationen führen.

Ruhrpottabschied ist der vierte und letzte Teil der Ruhrpottsaga, in dem Angie Pfeiffer mit Herz und Humor schildert, was frau erleben kann, wenn sie sich auf die Männersuche per Internet begibt.

Weitere Bücher

@Mail Verkehr
Eine humorvolle Liebesgeschichte in E-Mail Form

Liebesbriefe
Briefe für ganz besondere Menschen

Relativ verliebt - Liebe online
Liebe per Internet

Wie lange ist für immer?
30 Kurzgeschichten über das Ver - und Entliebte

Dackel Murphys Abenteuer
Ein Roman für große und kleine Tierfreunde

Ein Dackel namens Murphy
Ein Roman für Dackelfans, Hundelfreunde, Katzenliebhaber und tierliebe Menschen

Was macht der Dackel auf dem Deich?
Heitere Tiergeschichten

Inseln unter dem Wind
Kurzweilige Geschichten rund um das Verreisen

China für Anfänger
... die spinnen, die Chinesen

Trübsalkiller
Kurzgeschichten gegen schlechte Laune

Das Buch des Lebens
Kurz und knackig - Texte und Gedichte

Menschen(s)Kinder
Werden sie denn nie erwachsen?

Der Sonnenstein
Märchen für Erwachsene

Aller guten Morde sind 7
Mörderische Geschichten

**Kein Weihnachtsgeschenk
für Tim und Kathi**
Eine Weihnachtsgeschichte für Kinder ab 6 Jahren

Leseprobe @Mail Verkehr

Mitte September, ein trüber Sonntagabend:
Ich saß allein in meinem Zimmer und wusste nichts mit mir anzufangen. Das Lesefutter war mir ausgegangen und um die Lindenstraße anzusehen, fehlte mir das nötige Alter. Im Nebenraum rumorten meine Töchter. Die beiden hatten sich schon am Nachmittag in Steffis Zimmer eingeigelt und probten für ihre neu gegründete Mädchenband. Stefanie, die Ältere, hatte es sich in den Kopf gesetzt, ein neuer Stern an Deutschlands Pophimmel zu werden und begeisterte ihre Schwester Andrea mit dem Versprechen auf unbegrenzte Ausgehzeiten und Treffen mit allen Größen des Showbiz. Nun, darüber würden wir diskutieren, wenn die Zeit reif war. Nachdem ich die angehenden Stars einige Mal zur Ordnung gerufen hatte, war die Lautstärke auf ein erstaunliches Minimum zurückgeschraubt worden.
Gelangweilt nippte ich an meinem Rotweinglas, schaltete den Computer ein und surfte planlos durch die weiten Welten des Internets. Eigentlich hatte ich in diesem Literaturforum ein paar Geschichten lesen wollen, war aber letztendlich auf der Pinnwand gelandet und stieß auf einen interessanten Eintrag:

„If you like Pina Colada's,
and getting caught in the rain,
If you're not into yoga,
if you have half a brain,
If you like making love at midnight,
in the dunes on the cape,
Then I'm the love that you've looked for,

write to me and escape."
Hallo Du!

Magst Du den „Pina Colada Song"?

Hier ist meine Version:
Stehst Du auf Pina Colada oder bevorzugst du Champagner? Bist Du den Alltagstrott leid? Möchtest Du ein Abenteuer erleben? Träumst Du davon um Mitternacht an einem verschwiegenen Strand Liebe zu machen, Dich fallen zu lassen? Möchtest Du jemanden kennenlernen, mit dem Du ernsthafte Gespräche führen oder einen Riesenblödsinn machen kannst? Dann bin ich der Richtige! Was lässt Dich zögern - trau dich! Lass uns unser eigenes Abenteuer erleben! Noch etwas: Ich bin unter Garantie nicht Dein Ehemann!

Das hörte sich wirklich nett an und auch ein bisschen verwegen. Der Text machte mich neugierig. Wer mochte wohl dahinter stecken? Nachdenklich schüttete ich mir etwas Wein nach. Sollte ich es wirklich wagen? Warum eigentlich nicht, eine kurze Nachricht besagte noch gar nichts. Wahrscheinlich war die ganze Sache sowieso nur ein Joke und ich würde gar keine Antwort bekommen. So antwortete ich spontan.